D1865605

Inge Russnak

Erika – Ein Findelkind aus Ostpreußen

Originalausgabe – Erstdruck

Inge Russnak

Erika
Ein Findelkind aus Ostpreußen

Roman

Schardt Verlag Oldenburg

Bibliografische Information *Der Deutschen Bibliothek*

Die Deutsche Bibliothek verzeichnet diese Publikation in der Deutschen Nationalbibliografie; detaillierte bibliografische Daten sind im Internet über *http://dnb.ddb.de* abrufbar.

1. Auflage 2003

Copyright © by
Schardt Verlag
Uhlhornsweg 99 A
26129 Oldenburg
E-Mail: schardtverlag@t-online.de
Tel.: 0441-21779287
Fax: 0441-21779286
Herstellung: Janus Druck, Borchen

ISBN 3-89841-116-8

Heute ist ein herrlicher Frühlingstag. Sträucher und Bäume haben dicke Knospen, von denen einige schon aufbrechen. Die Schneeglöckchen blühen schon seit gut drei Wochen. Zahlreich sprießen die bunten Krokusse aus dem schon herrlich grünen Rasen. Es ist ein Anblick, wie in einem wunderschönen Bilderbuch. Die Sonne scheint und versprüht schon eine fast sommerliche Wärme, obwohl wir heute erst den letzten Märztag haben, also erst seit einigen Tagen im Kalender Frühling.

Mitten in diesem Bilderbuch-Anblick sitzt auf der kleinen weißen Bank hinter der wunderschönen kleinen Villa eine für dieses Schicksal doch noch zu junge Frau mit verweinten Augen. Sie hat braune Augen und schwarze Locken. Man sieht kaum hier und da ein einzelnes silbernes Härchen an den Schläfen. Erika hat eine traumhafte Figur, sie ist eine bildhübsche Frau, der man ihre Ende fünfzig keinesfalls ansieht.

Es ist schon der dritte Tag, an dem Erika immer wieder hier auf dieser Bank, wo sie so oft mit ihrem lieben Mann gesessen hat, sitzt, traurig, immer wieder Tränen in den Augen, in Gedanken versunken. Sie versucht, tapfer zu sein und nicht mehr zu weinen, doch es will ihr nicht gelingen. Zu sehr hatte sie ihren Martin geliebt. Jetzt ist sie allein.

Vor zwei Wochen wurde ihr innig geliebter Mann beerdigt. Er war gut zehn Jahre älter als Erika, hatte gerade einige Wochen vorher seinen 70. Geburtstag gefeiert, als ihn ganz unerwartet der Tod aus dem Leben riß.

Täglich hatte er seine Frau mit einem zarten Küßchen geweckt und gesagt: „Die Nacht ist vorbei, Liebes, die Sonne scheint, wir sollten aufstehen, frühstücken und dann einen kleinen Spaziergang machen.“ Dann begab er sich in die Küche und setzte die Kaffeemaschine an, bevor er ins Bad ging.

Doch an diesem Morgen wurde Erika wach, als ihr Mann noch ganz fest schlief, zumindest glaubte sie es. Eigentlich freute sie sich, daß es ihr nach langer Zeit auch wieder einmal gelungen war, das Frühstück zubereiten zu können. Leise schlich sie in die Küche, setzte die Kaffeemaschine an, ging ins Bad und eilte danach strahlend zu ihrem lieben Mann ans Bett, um ihn zu wecken. Als sie seine Lippen für ein Küßchen berührte, zuckte sie erschrocken zusammen, schrie fürchterlich auf, verlor das Gleichgewicht und fiel wie leblos zu Boden. Die Nachbarin, die ihr Hündchen zum Morgenspaziergang ausführte, hörte diesen gellenden Aufschrei. Sie rannte zu dem geöffneten Fenster, aus dem dieser furchtbare Schrei ertönt war. Auch sie schrie auf, als sie durch das Schlafzimmerfenster ihrer lieben Nachbarn blickte. Sie rannte nach Hause zum Telefon und rief den Notarzt, der in nur sehr wenigen Minuten eintraf. Eilig stieg er durch das geöffnete Fenster.

Die hilfsbereite Nachbarin, die ihn unverzüglich angerufen hatte, wurde von dem Arzt zur Tür herein gelassen. Der Schlüssel war umgedreht und steckte von innen im Schloß. Der Arzt wandte sich sofort wieder Erika zu. Sie war inzwischen zu sich gekommen und weinte herzzerreißend. Sie bat ihre Nachbarin, bei ihr zu bleiben, was diese sowieso vor hatte. Der Arzt hatte Erika ein Beruhigungsmittel gespritzt und sagte zur Nachbarin: „Sie wird gleich schlafen, und sie braucht diese erholsame Ruhe dringend.“ Er hatte Erika zuvor vom Fußboden aufgehoben und in die Wohnstube getragen. Auf der bequemen Couch konnte sie jetzt gut schlafen. Die Nachbarin holte ein Decke aus dem kleinen Nebenzimmer und deckte die schon eingeschlafene Erika sanft zu, blieb aber noch besorgt bei ihr. Sie hatte ja nichts zu versäumen. Ihr Hündchen war gefüttert und auch schon kurz draußen, war jetzt zu Hause eingesperrt, und die zwei Kätzchen hatten auch schon ihr Frühstück bekommen und waren jetzt im Garten, wo sie am liebsten waren. Mit diesen ihren heißgeliebten Tieren lebte sie in ihrem kleinen Häuschen alleine, sie war auch schon verwitwet. Sie wollte bei Erika sein, wenn sie erwacht.

Für Erikas Mann konnte der Notarzt nichts mehr tun, nur noch den Tod feststellen. Martin war schon vor einigen Stunden an plötzlichem Herzversagen gestorben.

Die Nachbarin kümmerte sich in den nächsten Stunden und Tagen liebevoll um Erika. Sie leitete die ersten, jetzt notwendigen Schritte ein. Zuerst erhielt die einzige Tochter, die in Süditalien lebte, diese traurige Nachricht.

Mit dem nächsten Flieger, den Sandra kriegen konnte, kam sie nach Hause zu ihrer verzweifelten Mutti. Ihre Zwillinge waren bei den Schwiegereltern bestens aufgehoben. Sie und ihr Mann hatten ein kleines Häuschen gleich nebenan gekauft. So gab es keinerlei Probleme, wenn Sandra für ihre Zwillinge eine Aufsicht brauchte. Und die Schwiegereltern freuten sich riesig, wenn sie ihre Enkelchen ab und zu ganz für sich alleine hatten.

Die wenigen Verwandten von Martin, die es nur gab, und die vielen guten Freunde und Bekannten hatten auch unverzüglich die traurige Nachricht erhalten.

Viele boten Erika ihre Hilfe an. Doch Erika wollte vorerst weitgehend alleine sein. Die Anwesenheit der Tochter und der Nachbarin taten Erika gut, die wollte sie nicht missen.

Martins Beerdigung war eine sehr zu Herzen gehende Veranstaltung. Die vielen Menschen, die gekommen waren, fanden kaum Platz in der näheren Umgebung der Grube, in die Erikas lieber Martin nun bei trauriger Musik hinuntergelassen worden war. Erika wäre fast hinterher gesprungen, hätte man sie nicht energisch zurückgehalten. Nach der offiziellen Grabrede ergriffen mehrere Freunde das Wort für einen kurzen Abschiedsgruß. Die vielen Kränze und Blumen fanden keinen Platz auf dem Grab, sie mußten übereinander gelegt werden.

Eine Woche konnte Sandra noch bei ihrer verzweifelten Mutti bleiben, um sie ein wenig zu trösten und abzulenken, es zumindest zu versuchen. Doch die Zeit war um. Vor zwei Tagen war sie abgereist. Umfangreiche Pflichten warteten zu Hause in Süditalien auf sie. Sandra leitete einen großen Modesalon.

Erika wußte, daß ihre liebe Nachbarin jederzeit für sie da wäre, ein kleiner Anruf würde genügen. Doch wollte Erika jetzt lieber ganz alleine sein mit ihrem Schmerz.

Schon den dritten Tag saß Erika bei diesem herrlichen Sonnenschein dort auf der kleinen Bank, wo sie mit ihrem geliebten Martin immer wieder schöne geruhsame Stunden verlebt hatte. Wie glücklich waren die beiden doch miteinander. Wie gerne saßen sie bei schönem Wetter immer wieder an diesem Plätzchen, erfreuten sich an ihrem schönen Garten, an der Farbenpracht der Blumen und an den vielen zwitschernden Vögelchen. Und nun saß Erika traurig und verlassen alleine hier. Viele Fragen gingen ihr durch den Kopf, doch sie war noch nicht imstande, irgendeinen Entschluß zu fassen, noch nicht, sie wollte es auch noch gar nicht. Aber immer wieder drängten sich ihr Fragen auf, wie: „Was soll nun aus mir werden? Schaffe ich es, alleine hier zu leben? Sollte ich vielleicht doch den Gedanken in Erwägung ziehen, das Angebot meiner Tochter, bei ihr zu leben, ernsthaft zu durchdenken?“ Ein Gedanke jagte den anderen.

Sandra hatte ihrer Mutti angeboten, alles aufzugeben und zu ihr nach Süditalien zu kommen. Sie brauchten das große Haus mit ihren insgesamt nur vier Personen sowieso nicht für sich alleine. Die Mutti hätte eine komplette kleine Wohnung für sich haben können, wenn sie es gewollt hätte. Sie hätte sich aber auch ganz einfach als fünfte Person in die Familie einreihen und keinen eigenen Haushalt führen können. Sie könnte so jeden Tag ihre Tochter, den Schwiegersohn und die beiden Enkelchen sehen und mit ihnen schöne Stunden verleben, so oft es ihr lieb wäre.

Roberto, Sandras Ehemann, hatte seiner Frau eindringlich geraten, ihre Mutti mitzubringen, selbst wenn es vorerst nur vorübergehend sein sollte. Doch Erika wollte zu Hause bleiben, erst einmal alleine sein mit ihrem Schmerz, einfach weinen, wenn ihr danach zumute war, ohne daß gleich jemand sich bemühte, sie zu trösten.

Wie schon so oft in ihrem Leben, besonders wenn es mal traurige Stunden gab, drängte sich Erika die alte und immer wieder neue Frage auf: „Wer ist Eka? Wer bin ich eigentlich? Heiße ich wirklich *Erika*?“ Mehrmals im Leben hatte sie Versuche unternommen, eine Antwort auf diese Fragen zu finden, doch bisher immer wieder vergebens. Erika wußte, daß sie dies auch jetzt nochmals – schon bald sogar – wieder in Angriff nehmen würde. Sie wollte endlich erfahren, wer sie wirklich war. Vielleicht würde es jetzt endlich doch irgendeine Antwort geben. Dies erschien Erika aber eher als unwahrscheinlich.

Erika sah in Gedanken ihr ganzes Leben vorüberziehen, so als wäre es ein sehr schöner Film, allerdings auch mit mehreren sehr traurigen Szenen. Die meiste Zeit ihres Lebens war sie sehr glücklich. Wenn nur nicht immer wieder diese Frage sie quälte: „Wer ist Eka? Wer bin ich?“

Das schlimmste Erlebnis ihrer Kindheit, an das Erika sich immer wieder erinnerte, gab es, als sie gerade 12 Jahre alt war. Ihre geliebte Mutti war schwer krank, hatte lange im Krankenhaus gelegen, hatte Krebs, und alle Bemühungen der Ärzte, sie zu heilen, blieben erfolglos. Sie wußte, daß sie sterben mußte, daß es nur noch wenige Wochen – vielleicht auch nur noch Tage – für sie geben konnte. Und sie wollte zu Hause sterben. Ihr Mann nahm seinen Jahresurlaub und holte seine schwerkranke Frau nach Hause. Sie spürte, daß der Tag immer näher rückte, und sie begriff, daß sie es jetzt tun mußte, einen Aufschub gab es nicht mehr.

So rief die kranke Frau ihre innig geliebte kleine Eka – so wurde Erika als Kind genannt – an ihr Bett und sagte: „Setz dich zu mir, mein Kind, ich muß dir etwas sehr Wichtiges erzählen. Wie gerne hätte ich es dir erspart. Ich wollte immer, daß deine schöne Kindheit so bleiben sollte, daß du unbeschwert und fröhlich leben solltest, doch jetzt muß ich es dir sagen." Tränen erstickten ihre Worte. Sie konnte nicht weitersprechen. Sie schluchzte heftig. Eka kamen auch die Tränen, wenn sie auch nicht wußte warum. Die Tatsache, daß ihre geliebte Mutti weinte, machte auch sie unsagbar traurig. Die Mutti drückte die kleine Eka an sich, soweit es ihre Kräfte noch zuließen, sie bekam das Gefühl – es könnte das allerletzte Mal sein. Es dauerte eine ganze Weile, bis die schwerkranke Frau sich beruhigen konnte. Doch irgendwann hatte sie sich wieder in der Gewalt und sprach weiter: „Dein Papi und ich, wir hatten uns immer sehnlichst Kinder gewünscht, doch viele Jahre hofften wir vergebens." Einige wenige Minuten mußte sie sich ausruhen, dann sprach sie weiter: „Wir sind aus dem Osten Deutschlands, aus dem ehemaligen Ostpreußen. Im Winter 1944/45, als es schon sehr kalt war, mußten noch sehr viele Menschen die Heimat verlassen. Wir waren schweren Herzens und auch zweifelnd schon der ersten Aufforderung im Spätsommer gefolgt, was sich im Nachhinein als richtig erwiesen hatte. Uns blieb so doch das Allerschlimmste erspart. Die Letzten mußten dann mit Pferdewagen über das Frische Haff. Mehrere Familien saßen auf jedem Wagen, sie durften nur sehr wenig von allem, was sie besaßen, mitnehmen, nur das Allernotwendigste, damit mehr Menschen auf den Wagen Platz finden konnten. Die Bauernfamilien hatten allerdings einen Wagen für sich alleine, manche gar zwei. Fast alles, was die Menschen sich erarbeitet und erspart hatten, mußte zurückbleiben. Kleidung und etwas Nahrung konnte man mitnehmen. Die Tiere wurden losgebunden, die Stalltüren blieben offen, festgehakt, damit die Tiere fliehen konnten, falls es Feuer gäbe. Es war Krieg! Ein grausamer Krieg! Die Front befand sich nur wenige Kilometer von unserem Dorf entfernt, jetzt galt es, das nackte Leben zu retten.

Das Eis war stellenweise nicht stark genug, um die gewaltige Last, die vielen Pferdewagen voller Menschen und Gepäck zu tragen. Das tragische Unglück, das dort passierte, ist unbeschreiblich. Feindliche Flugzeuge kamen im Tiefflug und warfen Bomben ab. Die Pferde gingen durch. Das Eis brach und verschluckte in rasendem Tempo ganze Wagen voller schreiender Menschen. Nur ganz wenige konnten sich retten. Die Menschen, die Glück hatten, werden dieses grausame Erlebnis wohl nie in ihrem Leben vergessen."

Eka wurde ganz traurig, als ihre Mutti mit Tränen in den Augen all das erzählte. Doch dann fragte sie: „Mutti, was hat all das mit uns und mit mir zu tun?" Die Mutti sagte: „Lasse mich ein wenig ausruhen, mein Kind, dann erzähle ich weiter." Eka ging ins Badezimmer und kühlte ihre verweinten Augen, doch bald ging sie zurück an das Krankenbett ihrer Mutti, auch wenn das alles so sehr traurig war, sie wollte alles wissen, was die Mutti noch zu erzählen hatte. Sie setzte sich wieder auf den Bettrand und sah ihre Mutti an. Dann sprach die schwerkranke Frau weiter: „Ja, mein Kind, es hat etwas mit uns zu tun. Möchtest du alles jetzt erfahren?" Eka wollte alles wissen, was ihr die Mutti von damals noch erzählen konnte, vor allem aber, was es mit ihr und ihren Eltern zu tun hat, denn sie leben doch hier, es ging ihnen all die Jahre gut, Eka konnte sich an nichts anderes erinnern.

Die kranke Frau hatte große Angst, das, was sie jetzt ihrer geliebten Tochter sagen mußte, auszusprechen. Doch Eka drängte: „Mutti, erzähl mir bitte alles, was ich noch nicht weiß, egal, wie schlimm es ist."

Mit Tränen in den Augen nahm die schwerkranke Frau beide Händchen ihres geliebten Kindes in ihre Hände, sah der Kleinen in die Augen und sagte mit zitternder Stimme: „Ohne dieses Unglück, mein Kind, wärest du nicht unsere Tochter geworden." Die schwerkranke Frau war nicht mehr imstande, weiterzusprechen. Sie sagte nur noch: „Sei brav, mein Kind, lasse mich ein wenig ausruhen und schlafen. Geh' hinaus in den Garten, die Sonne scheint doch so schön. Wenn ich mich ausgeruht habe, essen wir ein wenig zu Mittag, und dann, mein Kind, erzähle ich weiter, wenn du magst."

Eka wußte, daß ihre Mutti schwer krank war, sie war brav und ging hinaus. Doch zuerst ging sie in die Küche, wo ihr Papi eine Gemüsesuppe zu Mittag kochte. Von dem grausamen Schicksal, daß ihre Mutti sterben würde, ahnte Eka noch nichts, sonst hätte sie wohl tapfer gewartet, bis die Mutti ihr alles erzählte. Sie hätte nicht ihren Papi gefragt, ob er wisse, weshalb sie ohne das große Unglück zur Jahreswende 1944/45 auf dem Frischen Haff nicht seine und Muttis Tochter geworden wäre.

Obwohl der Papi ahnte, daß die Mutti ihrer Tochter schon einiges davon erzählt hatte, denn ihre Zeit war nur noch sehr knapp bemessen, wußte er doch nicht, was die Kleine nun schon erfahren haben konnte und was noch nicht. Er nahm seine Tochter in die Arme, drückte sie an sein Herz, und mit Tränen in den Augen sagte er nur: „Geh' jetzt ein wenig nach draußen, ich muß unser Mittagessen fertig kochen. Sei brav, mein Kind."

Eka war brav und ging hinaus in den Garten. Sie sah all die schönen bunten Blumen an und fragte leise: „Ihr Blümchen, wißt ihr etwas über das Schicksal meiner lieben Eltern? Sie müssen etwas Furchtbares erlebt haben. Meine Eltern weinen sonst nie, sie sind eigentlich fast immer fröhlich gewesen, solange ich zurückdenken kann." Die Blümchen konnten natürlich keine Antwort geben, das wußte Eka, aber sie hatte das Bedürfnis, diese Fragen auszusprechen. Eka setzte sich auf die Gartenbank. Sie konnte die Tränen nicht mehr halten. Sie wußte nicht, warum sie weinte. Sie wußte nur, daß sie selbst traurig war, weil ihre lieben Eltern traurig waren und in letzter Zeit öfter Tränen in den Augen hatten.

Den Blick in Richtung Küchenfenster entdeckte Eka ihren Papi, der gedankenversunken hinausschaute. Er war unsagbar traurig, das war an dem sonst immer so fröhlichen Mann nicht zu übersehen, obwohl er sich sehr um Tapferkeit bemühte.

Da Eka dachte, daß ihr Papi sie zum Mittagessen rufen wollte, lief sie in die Küche. Ihre Tränen hatte sie vorher noch weggewischt, doch der Papi hatte bemerkt, daß auch das Mädchen geweint hatte. „Warum weinst du, mein kleine Eka?" fragte er das zwölfjährige sonst so fröhliche Mädchen, denn sie wußte ja noch gar nicht, welcher grausame Schicksalsschlag ihre Familie in den nächsten Tagen so endgültig treffen würde. Eka antwortete: „Papi, ganz richtig weiß ich gar nicht, weshalb ich weinen muß. Ich wünsche mir, daß die Mutti recht bald gesund wird, aber sie sieht doch so schwer krank aus. Mutti hat geweint, als sie anfing, mir etwas sehr Wichtiges zu erzählen. Ich habe auch bemerkt, daß du in den letzten Tagen schon mehrmals Tränen in den Augen hattest. All das macht auch mich immer wieder traurig."

Der leidgeprüfte Mann versuchte seine geliebte Tochter und auch sich selbst in eine Ablenkung zu flüchten, die gerade fertige Gemüsesuppe war dabei eine Hilfe. „Hol' bitte schon die Teller aus dem Schrank, Eka, ich will inzwischen nachsehen, ob Mutti schon aufgewacht ist", sagte er nur leise und schlich davon. Als er einen Spalt der Schlafzimmertür öffnete, sah er, daß seine schwerkranke Frau schon wach war und ihn nun anlächelte. Immer wieder versuchten diese beiden Menschen, sich gegenseitig Mut und Kraft zu geben, um all das Schreckliche auszuhalten. Am allerschwersten war es für beide, daß sie nun unverzüglich ihre geliebte Tochter in das Allerschlimmste einweihen mußten. Und sie hatten ja beschlossen: „Heute noch müssen wir es tun!"

Da kam auch schon Eka mit den Tellern und Löffeln für das Mittagessen. Sie hatten einen kleinen Tisch und zwei Stühle in das Schlafzimmer gebracht, weil die kranke Frau sich das so gewünscht hatte. Sie selbst hatte nicht mehr die Kraft, ihre winzigen Mahlzeiten am Tisch einzunehmen. So bekam sie ein wenig Suppe aus einer Schnabeltasse. Sie war glücklich, daß sie ihre beiden liebsten Menschen ganz in ihrer Nähe haben und ihnen beim Essen zusehen konnte. So auch heute. Und sie lächelte immer wieder. Eka freute sich darüber so sehr, daß sie anfing zu glauben, mit Mutti ginge es endlich aufwärts, sie werde bald wieder gesund sein. Als sie dann auch noch ihren kleinen Nachtisch – Schokoladenpudding mit Vanillesoße – zu sich genommen hatten, auch die Mutti hatte ein klein wenig davon gegessen, sagte Papi: „Eka, du bleibst noch ein wenig bei Mutti, ich bringe das Geschirr in die Küche und werde es gleich noch spülen, dann komme ich auch." Der Mann hoffte, beim Spülen etwas Ruhe und Kraft zu sammeln, um danach die furchtbare Situation am Krankenbett seiner sterbenden Frau und der geliebten Tochter auszuhalten.

Die schwerkranke Frau wußte, daß sie jetzt fortsetzen mußte, was sie vormittags schon begonnen hatte. Sie spürte, daß ihr nur noch sehr wenig Zeit blieb. So sagte sie: „Komm' wieder auf meine Bettkante, Eka, ich will dir weitererzählen, wenn du magst." Eka setzte sich auf die Bettkante, da ergriff ihre liebe Mutti auch schon ihre Hände und hielt sie fest.

„Ja, mein Kind, ich hatte dir erzählt, daß ohne dieses große Unglück damals du nie unsere Tochter geworden wärest. So war das wirklich. Du erinnerst dich doch sicher noch an deine liebe Tante Agnes, die nun schon mehrere Jahre tot ist. Ihre beiden Söhne, deine Cousins Manfred und Wolfgang, die nach dem Tod ihrer Mutter zu Verwandten nach Amerika zogen, sind zwölf und vierzehn Jahre älter als du. Leider kennst du die beiden jetzt nur noch von Fotos.

Sei tapfer, mein Mädchen, das mußt du bei dem, was ich dir jetzt erzählen muß."

Die Frau hielt einen Moment inne, sie schluchzte, doch dann sprach sie weiter: „Unter dem Wagen, auf dem Tante Agnes und ihre beiden Söhne mit anderen Leuten aus dem Dorf saßen, knackte das Eis, eines der Hinterräder brach ein, dadurch rutschte Tante Agnes, die ganz hinten saß, seitwärts vom Wagen herunter ein Stück auf das Eis. Der dicht folgende Wagen brach ganz ein und ging, mit den schreienden Menschen darauf, unter. Einzelne sprangen noch herunter, aber sie konnten sich nicht retten, sie ertranken auch. Deine beiden Cousins, die auf dem zügig weiterfahrenden Wagen mit den Augen aufgeregt nach dem Verbleib ihrer heruntergerutschten Mutti suchten, leider aber vergebens, hatten den Untergang des folgenden Wagens mit ansehen müssen.

Während Tante Agnes trotz heftiger Schmerzen von dem Absturz eilig einige Meter zur Seite gerobbt war und dann aufzustehen versuchte, hatte ihr einer der ertrinkenden, schreienden Menschen dich entgegengeworfen. Du warst noch ein Baby, nicht einmal ein Jahr alt. Du warst warm angezogen, in eine Decke gewickelt und verschnürt, das war dein Glück, deshalb hast du überlebt. Tante Agnes konnte sich selbst und dich retten, es war wie ein Wunder. Sie war nicht weit entfernt von der Einbruchstelle, der der folgende Wagen gerade noch ausweichen konnte, doch, ob ihre beiden Söhne mit dem Leben davon gekommen waren, das wußte sie nicht. Ein Mann, der etwas weiter seitwärts mit einem kleineren Wagen und nur einem Pferd seine Familie rettete, rannte herbei, zerrte euch mit auf seinen Wagen. Und so habt ihr beide überlebt."

Die schwerkranke Frau wurde von einem heftigen Schluchzen erfaßt und mußte sich erst ein wenig ausruhen, bevor sie weitersprechen konnte.

Eka schlich weinend hinaus in den Garten. Sie stellte sich all das eben Gehörte vor, es war so, als hätte sie alles eben selbst erlebt, nicht nur gehört. Es war furchtbar. Sie konnte nicht aufhören zu weinen.

Etwas später, gerade als der Papi mit dem Geschirrspülen fertig war, alles in den Schrank geräumt hatte und nach seiner kranken Frau sehen wollte, hatte sie den Klingelknopf an ihrem Bett gedrückt. Kaum die Schranktür geschlossen, eilte ihr lieber Gerhard erschrocken zu ihr. Doch es war nicht schon das Allerfurchtbarste, was Gerhard befürchtet hatte. Seine schwerkranke Anni lächele ihn tapfer an und sagte: „Hole bitte unsere Eka, ich habe nicht mehr viel Zeit, ich spüre es.“ Er holte Eka. Sie setzte sich wieder auf Muttis Bettkante, während der Papi sich einen Stuhl heranrückte. Die Mutti ergriff wieder die Hände ihrer Tochter und hielt sie ganz fest, so als würde sie nur so die Kraft zum Weitersprechen aufbringen können. Dann sprach sie weiter: „Ja, Eka, mein liebes Kind, ein fremder Mann, der seine Frau und sein kleines Kind rettete, hat damals auch dich und Tante Agnes gerettet. Welch ein gutherziger Mensch, wo doch in dieser kritischen Phase auf dem Eis jede Sekunde für jeden wichtig gewesen war, um weiterzukommen, um das eigene Leben und das der Familie zu retten.

Als ihr glücklicherweise lebend an Land angekommen ward, völlig erschöpft und, obwohl der Mann auf seinem Wagen eine Decke um euch gelegt hatte, durchgefroren und voller Angst, suchte dieser Mann nicht nur für seine Familie eine Bleibe, sondern auch für Tante Agnes und für dich.

Ein altes Ehepaar, das alleine in einem Häuschen lebte, nahm Tante Agnes und dich auf. Sie waren froh, in dieser schrecklichen Zeit nicht mehr ganz alleine zu sein. Ihr einziger Sohn war im Krieg gefallen. Somit hatten sie ihren sehnlichsten Wunschtraum, eine Schwiegertochter und Enkelkinder zu bekommen, nicht mehr weiter träumen können. Tante Agnes und du, ihr habt bei diesem Ehepaar eines ihrer beiden Wohnzimmer bekommen, nämlich das, an dem sich durch eine kleine Schiebetür noch ein winziges Zimmerchen mit einem kleinen Fenster anschloß, das war nun dein Kinderzimmer. Die Frau hatte es solange als Bügelzimmer genutzt, ihre Nähmaschine stand auch darin. Eilig räumte sie das Bügelbrett weg. Einen ihrer beiden Wäschekörbe stellte sie sofort als Bettchen für dich zur Verfügung, eine flauschige zusammengelegte Decke kam hinein, darüber ein Badetuch, und fertig war das Kinderbettchen für dich. Zugedeckt wurdest du mit einem schönen warmen Daunenkissen. Tante Agnes schlief in dem größeren euch zur Verfügung gestellten Zimmer, in dem außer einer Glasvitrine, Couchtischchen und vier Sesseln in der Ecke eine Liege stand. Alles war sehr schnell vorbereitet.

Für dich hatte diese gastfreundliche Frau einen Griesbrei gekocht, Tante Agnes bekam einen schönen heißen Tee, Wurst- und Käseschnittchen, sie erzählte später noch oft davon. Dann wurdest du gebadet, als Windeln dienten vorerst Handtücher, ein frisches Hemdchen und Jäckchen gab es nicht, also mußte dir das eben getragene wieder angezogen werden. Du wurdest in dein Körbchen gelegt und bist sofort eingeschlafen. Während die Frau euch beide versorgt hat, lief der Mann zu den jungen Nachbarsleuten und bat um ein paar Kleidungsstücke, aus denen deren Tochter, die etwa ein Jahr älter war als du, schon herausgewachsen war. Die Nachbarsfrau hat auch für Tante Agnes etwas an Kleidung von sich mitgegeben, für dich reichlich. Glücklich ist auch Tante Agnes sofort eingeschlafen. Und die beiden alten Leutchen waren überglücklich, daß sie notleidenden Menschen helfen konnten. Nicht alle Menschen war in dieser Zeit so.

Gleich am nächsten Morgen nach dem Frühstück ging Tante Agnes eilig aus dem Haus. Sie wollte zum Bürgermeister, um eine Suchanzeige nach ihren beiden Söhnen aufzugeben. Um dich kümmerten sich in der Zeit diese beiden gastfreundlichen alten Leutchen.

Tante Agnes war etwa fünf Minuten unterwegs, da sah sie, wie weit entfernt am anderen Straßenende zwei Jungen Zettel an Bäumen befestigten. Sie rannte wie um ihr Leben, denn sie glaubte an ein weiteres Wunder, sie hoffte, diese beiden Jungen seien ihre Söhne. Sie schrie ihre Namen und rannte so schnell sie konnte zu ihnen. Und es waren wirklich ihre beiden Söhne. Sie umarmten sich alle drei und waren unsagbar glücklich, daß sie überlebt und sich gefunden hatten. Die Freudentränen wollten kein Ende nehmen.

Die beiden Jungen waren mit vielen anderen Kindern und auch Müttern und alten Leuen in einer Schule notdürftig untergebracht worden.

Ihr großes Glück kaum fassen könnend, eilte Tante Agnes mit ihren beiden wiedergefundenen Söhnen heim zu dir und euren Gasteltern. Sofort machten diese beiden liebenswerten Leute auch die beiden Jungen satt.

Überglücklich sagte die alte Frau: „Jetzt haben wir endlich eine Schwiegertochter und gleich drei Enkelkinder." Dann luden sie die beiden Jungen ein, mit ihnen zu kommen. Sie stiegen langsam die Treppe hinauf zum Dachboden, öffneten die Tür zum Kinderzimmer ihres gefallenen Sohnes und sagten zu Manfred und Wolfgang: „Das ist jetzt euer Zimmer, wenn ihr es wollt." Und wie die beiden das Zimmer wollten. Es standen ein Bett und eine Liege darin, ein

Schrank, ein kleiner Tisch und zwei Stühle. Die beiden Jungen umarmten die beiden alten Leute und nannten sie Oma und Opa. Alle vier kamen glücklich und mit Freudentränen in den Augen die Treppe herunter und erzählten Tante Agnes, was sie soeben alle vier erlebt hatten.

Welch ein glücklicher Tag für euch alle sechs, auch wenn du es noch nicht bewußt so miterleben konntest, denn du warst ja ein Baby."

Natürlich konnte sich Eka an all das nicht erinnern, was sie als Baby erlebt hatte, aber sie erinnerte sich an Tante Agnes und ihre beiden Söhne. Eka konnte den Zusammenhang nicht begreifen und fragte: „Mutti, ich bin doch aber eure Tochter. Ich versteh' das alles nicht."

Sichtlich erschöpft sprach die schwerkranke Frau vorerst nicht weiter. Sie sah ihren Mann bittend an, und er verstand, daß er jetzt fortsetzen mußte, und er tat es: „Ja, liebe Eka, Tante Agnes hatte uns mit dir und den beiden Jungen wiederholt besucht. Vom ersten Moment an haben wir dich sehr geliebt, wir hatten uns ja schon seit vielen Jahren ein Töchterchen gewünscht. All das wußte Tante Agnes. Und so kam es, daß sie uns bat, wenn ihr mal etwas zustoßen sollte, daß wir uns dann um dich kümmern sollten, was wir ihr auch ganz fest versprochen haben. Selbstverständlich hätten wir es auch ohne dieses Versprechen getan. Am liebsten hätten wir dich gleich behalten, aber Tante Agnes hatte dich so lieb wie ihre Söhne und gab dich nicht her. Sie sagte uns auch, daß sie mit ihrem Schwager, dem Bruder ihres im Krieg gefallenen Mannes, abgesprochen hatte, daß er und seine Frau, die kinderlos waren, sich in solchem Fall um die beiden Jungen kümmern würden.

Tante Agnes mußte eine Vorahnung gehabt haben, denn schon nach wenigen Wochen wurde festgestellt, daß sie an Krebs erkrankt war. Wir holten dich und nahmen vorerst auch die beiden Jungen mit zu uns, denn Tante Agnes mußte sofort operiert werden. Die Operation verlief eigentlich ohne Komplikationen. Tante Agnes wurde bald wieder gesund. Da sie aber noch sehr schwach war, haben wir auch sie für einige Monate zu uns geholt. Unser Haus hatte Platz genug für uns alle. Wir lebten glücklich miteinander.

Doch bald wurde bei Tante Agnes erneut Krebs festgestellt. Wieder mußte sie operiert werden. Es hatte zunächst wieder den Anschein, daß alles gut werden würde, doch Tante Agnes wurde nicht wieder gesund. Sie lebte dann in einem Pflegeheim, wo wir sie mehrmals besucht haben. Ihr Schwager kam aus Amerika, um sie zu besuchen, und er sprach auch mit dem Arzt, der ihm sagte, daß Tante Agnes nicht wieder gesund werden würde. Tante Agnes hatte, obwohl ihr das noch nicht gesagt wurde, gefühlt, wie es um sie steht, und das sagte sie auch ihrem Schwager, denn sie sorgte sich um dich und ihre beiden Söhne. Der Arzt, der ja wußte, daß es hier um drei Kinder ging, klärte Tante Agnes voll und ganz über ihren Zustand auf. Von nun an wurde offen über alles gesprochen. Tante Agnes wollte nicht, daß ihr in ein Kinderheim müßt, auch nicht vorübergehend. Sie wollte alles geregelt haben, bevor sie starb. Und so geschah es dann auch. Der Schwager konnte die beiden Jungen mit nach Amerika nehmen, die Formalitäten bereiteten keine Probleme. Und du, liebe Eka, wurdest unsere Tochter."

Glücklich darüber, daß das kleine Mädchen ihre Tochter geworden war, konnte dieser leidgeprüfte Mann all das Traurige von damals der geliebten Eka erzählen.

Ein wenig ausgeruht und erfreut darüber, daß ihr Mann der geliebten Tochter an der Stelle, an der sie vor Schwäche unterbrechen mußte, weitererzählt hatte, fuhr die schwerkranke Frau jetzt fort: „Mein lieber Gerhard, es ist jetzt an der Zeit, unserer geliebten Tochter unser Geheimnis anzuvertrauen. Hole bitte aus dem kleinen verschlossenen Fach im Schrank das rote kleine Samtkästchen, das sich in meinem Schmuckkasten befindet." Gerhard tat es. Er wußte, daß es keinen Aufschub mehr geben konnte. Er reichte seiner schwerkranken Anni das Kästchen. Gespannt sah Eka zu. Sie ahnte nicht, was das zu bedeuten hat. Sie dachte, daß ihre Mutti ihr jetzt etwas von ihrem Schmuck schenken wollte, vielleicht ein erstes kleines Goldkettchen. Eka war sehr aufgeregt.

„So, meine liebe Eka das ist jetzt ein Erlebnis, das du wohl niemals vergessen wirst. Nimm dieses Kästchen und öffne es, es gehört dir, für immer." Eka tat es. Ein wunderschönes glänzendes Goldherzchen befand sich darin, es hing an einem feinen Goldkettchen, in das mehrere Knoten hineingebunden waren. „Öffne das goldene Herz, mein liebes Kind", sagte die Mutti. Mit vor Erregung zitternden Händen öffnete Eka das Goldherz. Darin befand sich ein Bildchen mit einem hübschen jungen Brautpaar. Eka sah ihre Mutti fragend an, die Leute sahen anders aus, als ihre lieben Eltern. Eka brachte vorerst kein Wort heraus. Die Mutti antwortete sofort: „Ja, meine liebe Eka, es gehört dir. Tante Agnes hat es uns für dich gegeben. Du hattest es damals um den Hals, und weil du noch so klein warst, hatte man die Knoten hineingebunden, damit es nicht verloren geht. Wir haben es so verstanden, daß dieses Hochzeitspaar deine leiblichen Eltern sind. Wenn doch die Namen auch dabei gewesen wären, vielleicht hätte man deine Eltern oder wenigstens ein Elternteil finden können. Wie mußten sie wohl leiden, daß sie dich verloren hatten. Schon Tante Agnes und wir dann auch haben uns bemüht, beim Roten Kreuz etwas zu erreichen, aber ein kleines Mädchen mit dem Namen 'Erika' wurde dort von niemandem gesucht. Du hattest ein Lätzchen um, auf dem 'Eka' aufgestickt war, daher haben wir vermutet, daß du 'Erika' heißt, aber 'Eka' genannt wurdest als Baby.“ Gerhard holte das fein eingewickelte Lätzchen aus dem obersten Fach des Kleiderschrankes und übergab es Eka. Eka wußte nicht, ob sie sich freuen oder traurig sein sollte, sie empfand beides, außerdem große Dankbarkeit an ihre lieben Eltern, bei denen sie eine so schöne Kindheit hatte. Eka trocknete ihre Tränen ab und sah fassungslos, aber sehr dankbar ihre Eltern an, sie sah von einem zum anderen, immer noch einmal, brachte aber immer noch kein Wort heraus. Dann ging sie eilig hinaus. Sie zitterte am ganzen Körper. Sie ging ins Bad, um sich die von Tränen geschwollenen Augen zu kühlen. Und sie war so aufgeregt und durcheinander.

Als Eka nach einigen Minuten wieder zum Bett ihrer schwerkranken Mutti wollte, schloß ihr Papi, der vor dem Bett stand, seine kleine Tochter in die Arme und sagte unter Tränen: „Mein Kind, du mußt jetzt tapfer sein, wir müssen es beide. Deine Mutti ist soeben für immer eingeschlafen.“ Sie weinten beide und hielten sich fest umschlungen, ihre Körper bebten, denn sie konnten das heftige Schluchzen nicht unterdrücken, es dauerte lange. Dann löste sich Eka aus den Armen ihres Vaters, beugte sich über ihre verstorbene Mutti, streichelte ihr Gesicht und ihre Hände, und mit zitternder Stimme sagte sie leise: „Mutti, warum? Warum ging es jetzt so schnell? Ich wollte dir noch so viel sagen, vor allem, wollte ich euch beiden danken für alles, was ihr für mich getan habt, für meine schöne sorgenfreie Kindheit.“ Dann hatten die Tränen ihr wieder das Weitersprechen versagt. Der Papi hob sie wieder in seine Arme und sagte: „Als du kurz hinausgegangen warst, hatte Mutti mit leiser Stimme noch die Worte herausgebracht: „Jetzt kann ich ruhig sterben, unsere kleine Eka weiß jetzt alles, und ihre Augen haben mich dankbar angesehen, bevor sie hinaus ging, weitersprechen konnte sie nicht mehr, sie lächelte mich an und ist dann ruhig eingeschlafen."

Bei all diesen Erinnerungen verlor Erika auch jetzt noch, nach so vielen Jahren, die Fassung. Schluchzend erhob sie sich von ihrem Lieblingsplatz, der kleinen weißen Bank im Garten, und ging ins Haus, legte sich auf die Couch und weinte bitterlich. Es waren nicht nur all die Erinnerungen an die traurige Zeit damals, der Verlust ihres lieben Mannes traf sie so schwer. Irgendwann schlief sie erschöpft ein. Als Erika dann später erwachte, dachte sie für einen Moment, sie hätte alles nur geträumt. Doch gleich wußte sie wieder, daß sie ihren geliebten Martin wirklich für immer verloren hatte und daß die traurigen Erinnerungen aus der Kindheit auch Wirklichkeit waren, vor langer Zeit.

Durch das so traurige Erlebnis damals, der so zeitige Tod ihrer geliebten Mutti, war Erika sehr früh selbständig und erwachsen geworden, obwohl ihr Papi sich bemüht hatte, so gut es möglich war, ihr die Mutti zu ersetzen. Aber so etwas geht eben nur teilweise. Erika und ihr Papi versuchten damals nach dem Tod ihrer Mutti sich gegenseitig zu trösten. Sie sagten sich immer wieder: „Das Leben geht weiter. Wir müssen tapfer sein." Und sie waren tapfer, wenn es auch oft traurige Situationen gab, zum Beispiel an Feiertagen und am Geburtstag, wo das Tapfersein kaum gelingen wollte.

Nachdem Erika sehr erfolgreich die mittlere Reife absolviert hatte, erlernte sie den Beruf einer Kontoristin. Das Maschinenschreiben und Stenografieren machte ihr Freude, sie konnte sich keinen anderen Beruf wünschen. Sie war erfolgreich in ihrem Beruf und qualifizierte sich sehr bald als Chefsekretärin. Ihr Papi war sehr stolz auf sie. Sie war der Sonnenschein in seinem eintönigen, traurigen Leben. Er blieb alleine, er wollte keine neue Partnerin. Das Andenken an seine liebe Anni war ihm heilig. Sie hatten sehr glücklich miteinander gelebt.

Eines Tages gab es wieder ein trauriges Erlebnis für Erika. Ihr geliebter Papi war ganz plötzlich gestorben.

Nun war Erika ganz alleine. Sie hatte keine Verwandten. Gut, daß sie ihre beste Freundin, die Brigitte, hatte. Erika nannte sie „Gitti", genau wie deren Eltern und Geschwister es taten. Erika und

Gitti verstanden sich immer gut, sie waren bereits Schulkameradinnen, erlernten den gleichen Beruf und arbeiteten in Firmen, die nur wenige Häuser voneinander entfernt waren, und sie hatten auch die gleichen Arbeitszeiten, so daß sie gemeinsam zur Arbeit gehen konnten. Sie hatten es auch nicht weit. Erika wohnte vorübergehend mit bei Gitti. Sie konnte nicht alleine zu Hause sein, dort, wo ihre lieben Eltern gestorben waren. Dort gab es zwar eine sehr schöne Kindheit für Erika, aber mit dem traurigen Ende ihrer Kindheit konnte sie nicht fertig werden.

Erika trennte sich von ihrem Zuhause, sie war sich sicher, daß sie es nicht schaffen würde, dort glücklich und zufrieden zu leben. Sie verkaufte das Haus. Dann mietete sie sich eine wunderschön gelegene kleine Zwei-Zimmer-Wohnung, richtete sie von dem Geld des verkauften Elternhauses schön ein, hatte dennoch noch eine beachtliche Summe auf ihrem Konto.

Als Dank dafür, daß Erika in ihrer schweren Zeit bei Gitti wohnen durfte, wollte sie ihrer Freundin eine große Freude bereiten. So finanzierte sie für Gitti und sich eine Urlaubsreise nach Südspanien. Gittis Geburtstag stand bevor, deshalb hatte Erika die Urlaubsreise alleine ausgesucht, um eine schöne Geburtstagsüberraschung für ihre Freundin zu haben. Gittis Eltern hätten ihrer Tochter solch eine Reise niemals schenken können, denn es gab noch drei jüngere Geschwister, die versorgt werden mußten. Gittis Sparbuch war noch zu mager für solch eine Sache, denn von ihrem ersten selbstverdienten Geld hatte sie sich in der ersten Zeit einige Wünsche erfüllt, die die Eltern ihr nicht erfüllen konnten.

Erika und Gitti verlebten in Südspanien einen wunderschönen Urlaub. Sie hatten viele schöne Erinnerungsfotos gemacht, und die Sonne hatte beide schön braun gebrannt. Doch diese Reise, dieser Urlaub, hatte die bisher unzertrennlichen Freundinnen auseinander gebracht. Gitti hatte sich in diesem Urlaub in einen hübschen jungen Spanier verliebt. Sie konnte und wollte auf ihn nicht mehr verzichten, er war ihre erste Liebe.

Nach dem Urlaub wieder in Deutschland, wieder in das normale Arbeitsleben zurückgekehrt, erhielt Gitti viele Liebesbriefe aus Spanien von ihrem Geliebten. Er konnte einwandfreies Deutsch sprechen, und schriftlich ließ es auch kaum etwas zu wünschen übrig. Bald besuchte er seine Gitti in Deutschland und machte ihr einen Heiratsantrag. Gitti nahm ihn glücklich strahlend an. Ihre

Eltern waren von ihrem ersten Schwiegersohn sehr begeistert, und die Geschwister mochten ihn auch sehr. Eine gesicherte Zukunft stand dem jungen Paar bevor. Der junge Mann arbeitete in der Firma seines Vaters in verantwortungsvoller Position. Als einziger Sohn sollte er die Firma später auch übernehmen. Traurig war Gitti, als ihr Geliebter wieder zurück mußte, doch er schrieb wieder fleißig Liebesbriefe. Und bald besuchte er seine geliebte Gitti wieder. Diesmal aber nahm er seine Gitti für ein paar Tage mit nach Spanien, um sie seinen Eltern vorzustellen. Die Eltern nahmen Gitti auf wie eine eigene Tochter und freuten sich sehr darauf, daß sie ihre Schwiegertochter wurde, zumal sie nur einen Sohn hatten. Gitti kehrte als Verlobte von ihren Schwiegereltern nach Deutschland zurück. Ihre Eltern und Geschwister freuten sich sehr darüber, obwohl sie bei der Verlobungsfeier gerne dabei gewesen wären. Als Entschädigung dafür versicherte Gitti ihnen, daß die Hochzeit zu Hause in ihrem Elternhaus gefeiert würde, und das schon sehr bald. Sie freuten sich nun alle auf die Hochzeit und hatten alle Hände voll zu tun mit den Hochzeitsvorbereitungen.

Nach der märchenhaft schönen Traumhochzeit zog Gitti mit ihrem Mann nach Südspanien, wo sie im sehr geräumigen Elternhaus eine kleine Wohnung für sich alleine bekommen hatten. Die Eltern hatten sie komplett eingerichtet, das war ihr Hochzeitsgeschenk. Bereits ein Jahr später wurden die beiden jungen Leute glückliche Eltern eines Baby-Pärchens. Ihr Wunsch nach einem Söhnchen und einem Töchterchen war nun zugleich erfüllt. Die Eltern des jungen Paares beiderseits freuten sich unheimlich über ihre ersten süßen Enkelkinder.

Obwohl Gitti und ihr Mann Erika herzlich eingeladen hatten, jeden Urlaub bei ihnen in Südspanien zu verleben, Erika es auch zusagte und sich darauf freute, so war sie jetzt im täglichen Leben doch ganz alleine.

Diese und andere Erlebnisse von damals gingen Erika durch den Kopf, während sie immer wieder hinausging und sich bei dem herrlichen Sonnenschein an ihren Lieblingsplatz begab, auf ihre kleine weiße Bank, wo sie so oft mit ihrem Martin gesessen hatte. Ihr ganzes Leben zog durch ihr Gedächtnis, und das war auch gut so, lenkte es sie doch ein wenig ab von ihrer tiefen Trauer um ihren verstorbenen Mann. Schließlich gab es außer einigen traurigen Erlebnissen, dem Tod ihrer Eltern, viele, ja sehr viele schöne Erlebnisse, an die sie sich sehr gerne erinnerte. Doch da gab es noch ein schreckliches Erlebnis, das sich jetzt in Erikas Gedanken und Erinnerungen drängte. Das geschah bald, nachdem Gitti geheiratet hatte und mit ihrem Mann nach Südspanien gezogen war.

Erika war eine sehr umsichtige und zuverlässige Sekretärin. Ihr Chef hatte sie des öfteren mit den beiden vorherigen verglichen, wobei keine an Erika heranreichte. Erika wußte das, weil ihr Chef, der sie häufig lobte, ihr auch das schon wiederholt gesagt hatte. Immer wieder sagte er ihr, daß er sehr stolz darauf wäre, solch eine perfekte Sekretärin zu haben. Solche anerkennenden Worte taten Erika in ihrer Einsamkeit gut. Ihr Chef und seine Gattin, die kinderlos waren, luden Erika oft zu sich ein. Erika nahm diese Einladungen auch gerne an. Dieses Ehepaar behandelte Erika fast wie eine eigene Tochter, ohne dabei in irgendeiner Weise aufdringlich zu sein.

Eines Tages gab es ein schreckliches Unglück. Erikas Chef und seine Gattin befanden sich auf der Heimreise aus dem Urlaub, als im dichten Nebel vor ihnen plötzlich eine Massenkarambolage sichtbar wurde, mehrere Fahrzeuge waren ineinandergerast. Obwohl Martin ein der Witterung angepaßtes Tempo fuhr und sein Fahrzeug noch rechtzeitig zum Stehen bringen konnte, verursachten von hinten ankommende unverantwortliche Raser das Furchtbare. Martin und seine Gattin wurden mit ihrem Auto in die bereits ineinandergefahrenen Autos hineingeschoben. Es ging alles sehr schnell. Martin konnte noch schwerverletzt und bewußtlos aus den zusammengequetschten Autos herausgeschweißt werden, doch für seine Gattin kam jede Hilfe zu spät, sie war sofort tot.

Erika war entsetzt und weinte bitterlich, als sie von diesem Unglück erfuhr, doch sie mußte jetzt stark sein, denn sie mußte und konnte ihren Chef jetzt in der Firma weitgehend vertreten. Sie hatte das Vertrauen ihres Chefs längst voll und ganz, sie war in alle Gepflogenheiten der Firma längst eingeweiht.

Oft besuchte Erika ihren Chef im Krankenhaus und auf seinen ausdrücklichen Wunsch hin, sah sie auch in seinem Haus nach dem Rechten. So erfuhr Martin alle wichtigen Dinge aus seiner Firma, brauchte sich um die Firma und um sein Haus keine Sorgen machen, was seiner Genesung sehr zugute kam.

Bald erwischte Martin sich dabei, daß er sich in seine hübsche junge Sekretärin, die für ihn und seine Firma so unersetzlich war, verliebt hatte. Er versuchte zwar, sich diese Empfindungen mit Vernunft auszureden, doch es wollte nicht gelingen. Er wollte sich einreden, daß es Dankbarkeitsgefühle seien, aber auch das half nicht. Dann sagte er sich, daß dieses hübsche junge Mädchen, mehr als zehn Jahre jünger als er selbst, ihm doch niemals ihre Liebe schenken würde. Auch seine schweren Verletzungen beim Unfall empfand er als großes Hindernis, überhaupt an diesen Traum – mit Erika vielleicht doch ein Paar werden zu können – weiter zu denken. Er hatte schon einige Operationen hinter sich, die zum Glück seine beiden Beine vor der Amputation retten konnten, aber es gab mehrmals Komplikationen, so daß noch weitere Operationen bevorstanden. Immer wieder überfiel Martin eine unbeschreibliche Sehnsucht nach einem Leben mit Erika, so sehr er sich auch aus vielerlei Gründen gegen solche Gedanken zu wehren versuchte. Oft träumte er von ihr. Erika ahnte natürlich von den Sehnsüchten ihres Chefs nichts, er verhielt sich stets korrekt, aber er freute sich wie ein Kind beim Auspacken der Weihnachtsgeschenke, wenn Erika ihn im Krankenhaus besuchte und von der Firma erzählte, und es dort keine Probleme gab.

Zur gleichen Zeit stellte Erika wiederholt fest, daß sie jedes Mal, wenn sie ihren Chef im Krankenhaus besuchte, mehr und mehr Herzklopfen hatte, vorher und hinterher, auch zu Hause, immer, wenn sie an ihn dachte. Während der Besuche im Krankenhaus konzentrierte sie sich darauf, ihrem Chef exakt und weitestgehend über seine Firm zu berichten. Oft stellte Erika sich die Frage: „Was ist los mit mir? Warum dieses heftige Herzklopfen? Ich arbeitete doch von Anfang an gerne in dieser Firma, und ich besuche meinen Chef gerne im Krankenhaus, aber dieses heftige Herzklopfen hatte ich zu Anfang nicht." Erika fragte sich schon, ob sie vielleicht krank sei, ob ihr das alles, was sie doch gerne machte, zuviel sein könnte, ob sie etwas überfordert wäre. Doch sie konnte das nur mit „nein" beantworten, sie fühlte sich nicht überfordert. Sie konnte sich ihr Leben ohne die Arbeit in der Firma, ohne die Besuche bei ihrem Chef im Krankenhaus überhaupt nicht mehr vorstellen. Aber immer wieder mußte sie feststellen: „Irgend etwas stimmt nicht mit mir." Daß in ihr eine zarte Liebe zu Martin, ihrem Chef, keimte, darauf kam sie nicht.

So ging das Leben seinen Gang. Martin hatte wieder eine Operation an einem Bein, die ohne Komplikationen verlaufen war. Die

Wunde heilte gut, die Ärzte waren zufrieden. Martin konnte es kaum erwarten, endlich alles hinter sich zu haben, wieder richtig laufen zu können, sich wieder selbst um seine Firma zu kümmern, und er wollte nach Hause. Ganz heimlich wünschte er sich immer noch ein Leben mit Erika. Er kam von diesem Wunsch nicht mehr los, so sehr er es auch mit Vernunft immer wieder versuchte.

Erika hatte – wie immer – all ihre Pflichten voll im Griff, in der Firma, in Martins Haus und in ihrer kleinen Wohnung. Und wieder war sie auf dem Weg ins Krankenhaus. „Heut ist alles irgendwie anders", stellte sie unterwegs schon fest. „Ich bin so aufgeregt, mein Herz rast, ich renne, statt zu gehen. Was ist bloß los?"

Im Krankenhaus angekommen, rannte Erika den Gang entlang zum Fahrstuhl. Sie bemerkte, daß Leute, an denen sie vorbeirannte, sie sehr erschrocken ansahen, aber sie rannte trotzdem, und sie wußte nicht, warum? Sie klopfte an Martins Zimmertür, er meldete sich nicht, sie klopfte noch einmal, niemand meldete sich. Die Schwestern hatten ihr schon vor einigen Tagen gesagt, daß sie sich bei ihnen nicht melden bräuchte, wenn sie zur Besuchszeit käme, deshalb war sie heute gleich zu Martins Zimmer gerannt.

Erschrocken riß sie die Tür auf, und sie sah nur das leere Bett. Erika rannte in Panik ins Schwesternzimmer, sie brauchte aber gar nicht zu fragen, da nahm die Oberschwester sie in die Arme und führte sie hinaus, hin zum Chefarzt. Erika war es jämmerlich zumute, denn nun wußte sie – etwas sehr Schlimmes war passiert, und es raste nur ein Gedanke durch ihren Kopf – bitte nicht das Allerschlimmste. Da erklärte ihr auch schon der Chefarzt, was passiert war – Martin hatte in der Nacht einen Herzinfarkt, und er lag im Koma. Erika wurde ohnmächtig, sie brach zusammen. Sie wurde sofort auf eine Pritsche gelegt und bekam ein Beruhigungsmittel. Es dauerte nicht lange, da hatte sie sich so halbwegs wieder in der Gewalt, obwohl ihr sehr elend zumute war.

Martin lag auf der Intensivstation. Erika durfte ihn heute nicht sehen. Man befürchtete ihren erneuten Zusammenbruch. Ihr wurde vom Chefarzt aufgetragen, nach Hause zu fahren, das mitgegebene Medikament zur Beruhigung nach Anweisung einzunehmen, sich auszuruhen und am nächsten Tag wiederzukommen, dann dürfe sie ihn sehen. Ein Taxi wurde für Erika gerufen, und sie befolgte brav die Weisungen des Chefarztes und fuhr nach Hause, obwohl sie ihn am liebsten angefleht hätte, ihren schwerkranken Chef doch ganz kurz sehen zu dürfen.

Am nächsten Tag war Erika schon eine Stunde vor Beginn der Besuchszeit im Krankenhaus, sie konnte es nicht mehr länger aushalten. Sie gab sich die größte Mühe und schaffte es, heute gefaßt zu sein, jedenfalls jetzt. Der Chefarzt sagte ihr, daß der Zustand ihres Chefs unverändert sei, er läge noch im Koma. Da Erika gehofft hatte, daß Martin heute wieder bei Bewußtsein sei, fragte sie ganz erschrocken, ob man aber das Allerschlimmste ausschließen könne. Der Chefarzt konnte ihr darauf an diesem Tag noch keine Antwort geben. Aber er erlaubte ihr, ihren Chef für einige wenige Minuten zu sehen. Eine Schwester ging mit und hielt sich ganz in der Nähe auf, der Chefarzt hatte sie so angewiesen, weil er längst erkannt hatte, daß dieses junge Mädchen ihren Chef sehr liebte, und er befürchtete, daß sie bei seinem Anblick wieder zusammenbrechen würde. Erika schlich zitternd, ganz leise an das Bett ihres Chefs, und sie wußte selbst nicht, was mit ihr geschah. Sie legte ihre Hand auf Martins Hand, drückte ihm ein zartes Küßchen auf die Lippen und flehte ihn leise mit zitternder Stimme an: „Martin, laß' mich bitte nicht allein, du darfst nicht sterben." Die Schwester, die sich weisungsgemäß in der Nähe aufhielt, stellte eilig einen Stuhl an das Krankenbett, und Erika nahm erschöpft darauf Platz. In diesem Moment schlug Martin die Augen auf und sah Erika glücklich an. Er dachte, daß er etwas ganz Wunderbares geträumt hatte, er hatte die letzten Sekunden schon wahrnehmen können, und nun erkannte er, daß es kein Traum, sondern Wirklichkeit war. Die Schwester klingelte nach dem Chefarzt, der sofort herbeieilte, und er sah, worauf er an diesem Tag eigentlich noch gar nicht hätte hoffen können. Martin war wieder bei Bewußtsein, es war kaum zu fassen.

Doch Erika mußte nun einsichtig sein und nach Hause fahren. Ihr wurde versichert, daß sie am nächsten Tag wieder für ein paar Minuten kommen durfte. Am nächsten Morgen wurde Martins Zustand schon als verhältnismäßig stabil bezeichnet, aber er mußte noch viel Schlaf und Ruhe haben. Wenn Martin wach war, mußte er immer wieder an diesen Satz denken, den er beim Erwachen aus dem Koma von seiner innig geliebten Erika gehört hatte.

Und schon bald war wieder Besuchszeit. Erika eilte zum Schwesternzimmer, um die Erlaubnis einzuholen, an das Krankenbett ihres Chefs zu dürfen. Natürlich durfte sie, schließlich war sie es, die ihn nach so sehr kurzer Zeit aus dem Koma geholt hatte.

Martin strahlte seine Erika an, als sie zur Tür hereinkam. Er war so glücklich. Kaum in die Nähe seine Bettes gekommen, konnte Erika folgende Worte aus seinem Mund vernehmen: „Erika, mein Liebes, ich lasse dich niemals allein." Mit Freudentränen in den Augen küßte Erika ihren geliebten Martin. Beide waren unsagbar glücklich. Ein märchenhafter Traum begann in den Gedanken dieser beiden Menschen. Beide fühlten heftig, daß sie miteinander leben wollten. Doch sie mußten noch warten. Martin hatte noch Operationen an den Beinen zu überstehen. Und vorher brauchte er noch eine gewisse Schonzeit nach seinem Herzinfarkt.

Martins Genesung ging mit Riesenschritten voran. Die letzten Operationen konnten auch schon bald erfolgen. Alles war gelungen, so daß es nicht mehr lange dauerte, bis die ersten Schritte mit ärztlicher Hilfe und auf Krücken versucht werden durften. Bald konnte Erika ihren Martin während der Besuchszeit mit dem Rollstuhl im Park spazieren fahren. Das waren immer wieder schöne Stunden für die beiden Verliebten. Und sie träumten von der Zeit, wenn Martin endlich wieder zu Hause sein konnte. Sie träumten von einer glücklichen Zukunft miteinander. Längst schon und immer wieder hatten diese beiden verliebten Menschen sich ihre Liebe gegenseitig gestanden.

All diese Erinnerungen, die bei Erika auf ihrem Lieblingsplatz, auf ihrer kleinen weißen Bank, wie ein Film durch ihre Gedanken zogen, lenkten sie ein wenig von ihrer Trauer ab. Sie erlebte diese schöne Zeit, die vielen schönen Jahre, jetzt in Gedanken noch einmal.

Während Erika sich erhob, um ins Haus zu gehen, die Sonne war inzwischen von Wolken verdeckt und es wurde kühl, sagte sie laut, obwohl es nur Gedanken sein sollten: „Alles im Leben hat seinen Preis. Wir hatten so viele traumhaft schöne Jahre miteinander, dafür muß ich jetzt auch tapfer sein können und die schwere Zeit, mein Schicksal, aushalten."

Am nächsten Tag, als Erika wieder auf ihrer Bank saß, lief ihr Film aus der Vergangenheit in Gedanken weiter, ihr ganzes Leben. Dabei schöpfte sie aus der Erinnerung an die schönen Erlebnisse Kraft, ihr jetziges Schicksal auszuhalten.

Die Vorfreude auf den Tag, da Martin nach Hause kommen würde, war bei beiden riesengroß. Aber noch mußten sie warten. Martin mußte für einige Wochen in eine Reha-Klinik. Er mußte wieder richtig Laufen lernen, und das unter fachmännischer Aufsicht, es konnte nur etappenweise vorwärts gehen. Tapfer übte Martin alles, was er üben sollte und was ihm schon erlaubt werden konnte. An den Wochenenden besuchte seine Erika ihn regelmäßig. Martin konnte schon bald während der Besuchszeit kleine Spaziergänge mit seiner Erika im Klinikgelände unternehmen, wenn auch noch auf Krücken. Oft saßen diese beiden verliebten Menschen dabei zum Ausruhen auf einer kleinen weißen Bank im Grünen.

Martin wurde wieder gesund. Er konnte ganz ohne Gehhilfen wieder richtig laufen. Der Tag, an dem Martin nach Hause konnte, war nun endlich gekommen. Erika hatte in seinem Haus alles vorbereitet. Sie hatte eingekauft, einen schmackhaften Braten vorbereitet, festlich den Tisch gedeckt, überall standen kleine Schalen mit frischem Obst und die schönsten Blumenvasen mit bunten Blumen. Erika war auch beim Frisör gewesen, hatte sich schön machen lassen für ihren Martin.

Endlich war es dann soweit. Eigentlich wollte Erika im Haus auf ihren Martin warten, aber das gelang ihr nicht. Sie rannte zum Auto und umarmte ihren Geliebten mit den Worten: „Willkommen zu Hause.“ Nach inniger Umarmung und einem Begrüßungsküßchen trockneten sich beide etwas verstohlen ihre Freudentränen und gingen dann ins Haus. Als Martin das Wohnzimmer betrat und alles sah, erfaßte ihn eine sehr wohltuende Gänsehaut. Glücklich nahm er seine Erika in die Arme und sagte: „Erika, mein Liebes, das ist der schönste Tag in meinem bisherigen Leben.“ Und das war er für ihn wirklich. Doch Erika dachte erschrocken: “Martin war doch verheiratet, da müßte doch sein Hochzeitstag der schönste Tag in seinem Leben gewesen sein.“ Martin hatte bemerkt, daß Erika erschrocken zusammenzuckte, und er ahnte, weshalb.

Als er damals seine Kristina geheiratet hatte, war der Hochzeitstag wohl auch ein schöner Tag gewesen, aber er hatte seine Schatten gehabt, es war doch eher eine Vernunfts- als eine Liebesheirat gewesen. Sie hatten sich sehr jung kennengelernt, Martin war gerade 16 Jahre, Kristina fünf Jahre älter gewesen. Als sie schon länger zusammen waren, hatten Kristinas Eltern die Hochzeit gewünscht, später auf Grund seines Zögerns sogar gefordert. Martin hatte damals schon keine Eltern mehr. Kristina und Martin hatten sich vor der Hochzeit auch wiederholt ernsthaft gestritten. Martin empfand, daß Kristina ihm mehrmals Anlaß gegeben hatte zu denken, daß sie ihn nur der gesicherten Zukunft wegen heiraten wollte, hatte sie doch gewußt, daß er als einziger Sohn eines Tages die Firma seines Vaters übernehmen würde. Tatsächlich waren Martins Eltern dann bei einem Verkehrsunfall ums Leben gekommen. So hatte er schon sehr jung die Firma des Vaters übernommen, und Martin und Kristina sich trotz ihrer Streitereien geeinigt, friedlich miteinander zu leben. So hatte Martin dem Drängen von Kristinas Eltern nachgegeben, und sie hatten geheiratet.

Martin hatte versucht, mit seinen Enttäuschungen allein fertig zu werden, hatte sich Kinder gewünscht und auf ein schönes Familienleben gehofft. Kristinas Eltern hatten geglaubt, daß die beiden glücklich miteinander seien, doch das waren sie nicht. Statt einer Arbeit nachzugehen, hatte Kristina gerne Martins Geld für Kosmetik und Mode ausgegeben. Sie hatte auch keine Kinder mehr haben wollen, was vor der Heirat so von ihr nicht gesagt worden war.

Ja, all diese Gedanken gingen Martin blitzschnell durch den Kopf, als Erika erschrocken an seinen Worten, daß dies der schönste Tag in seinem bisherigen Leben sei, zweifelte. Martin versicherte seiner Erika nochmals, daß es wirklich der schönste Tag in seinem Leben war, sie solle ihm vertrauen und es glauben. Martin versprach, ihr später alles begründen und erzählen zu wollen. Erika war damit einverstanden. Martin nahm sie in die Arme, drückte ihr ein zartes Küßchen auf die Lippen und sagte: „Es duftet so lecker aus der Küche, darf ich mal nachsehen?“ Erika erwiderte lächelnd, daß Martin Platz nehmen und ein paar Minuten warten möge, was er selbstverständlich gerne tat. Bald trug Erika das gelungene Festessen auf, und sie verspeisten genüßlich mehr als sie eigentlich wollten, es schmeckte hervorragend. Martin mußte es einfach nochmals sagen: „Es ist wirklich der schönste Tag in meinem bisherigen Leben, glaube es mir, mein Liebes.“ Glücklich strahlend sagte Erika: „Ich glaube es dir, ganz bestimmt.“ Sie wußte ja, daß er ihr das noch erklären wollte, sie vertraute ihm. Dann räumte Erika den Tisch ab und wollte auch noch gleich das Geschirr spülen. Martin wollte ihr helfen, doch Erika ließ es nicht zu, sie sagte: „Erstens hast du noch Schonzeit, zweitens hast du ganz bestimmt Sehnsucht danach, jeden Winkel deines Hauses wiederzusehen.“

Martin hatte natürlich diese Sehnsucht und fragte: „Kannst du Gedanken lesen, Erika?“ Eine Antwort brauchte sie darauf nicht zu geben.

Martin ging durch sein Haus, langsam und bedächtig, Schritt für Schritt, denn es hatte nach seinem Unfall im Krankenhaus Tage gegeben, wo er Angst haben mußte, daß er das nie wieder würde tun können, zumindest auf seinen eigenen Beinen nicht, im Rollstuhl vielleicht. Die Frage der Amputation beider Füße und Unterschenkel hatte zeitweise ernsthaft bestanden.

Erika war sehr bald in der Küche fertig, und nun saßen die beiden verliebten Menschen auf dem Sofa, tranken einen köstlichen Wein und waren überglücklich. Wie lange hatten sie doch alle beide von diesem Tag geträumt und darauf gewartet. Immer wieder lagen sie sich in den Armen. Dann sah Martin seiner Geliebten tief in die Augen und wagte es einfach, seinen sehnlichsten Wunsch auszusprechen: „Erika, mein Liebes, lasse bitte diesen meinen schönsten Tag in meinem Leben unseren Verlobungstag sein.“ Erika strahlte ihren Martin glücklich an mit den Worten: „Jetzt konntest du aber Gedanken lesen.“ Sie umarmten und küßten sich innig. Dann beschlossen sie, gleich morgen zum Juwelier zu gehen wegen der Verlobungsringe, es gab einen ganz in ihrer Nähe.

Für beide war es selbstverständlich, daß Erika von nun an bei ihrem Martin wohnte. Die schönen Stunden dieses Tages waren viel zu schnell vergangen, meinte Erika. Martin antwortete mit schelmischem Blick: „Wir haben doch auch noch die Nacht, die zu diesem Tag gehört.“ Und es wurde eine unvergeßlich schöne Nacht für die beiden Verliebten und ein wunderbarer Morgen folgte. Die Sonne sah zum Fenster herein und weckte die beiden unausgeschlafenen jungen Leute, dieses glückliche Paar mit ihren sanften Strahlen. Nach dem Frühstück machten sie sich auf den Weg zum Juwelier, und sie fanden wunderschöne Ringe, beide hatten sich sofort für diese entschieden.

Auf dem Rückweg sahen sie vor einem entsprechenden Geschäft in den Angeboten von Terrassenmöbeln eine ganz einfache kleine weiße Bank, genau so eine wie die, auf der sie oft bei ihren Spaziergängen in der Reha-Klinik gesessen hatten, um ein wenig auszuruhen und sich immer wieder verliebt in die Augen zu sehen. Es gab dort noch schönere Bänke, aber sie kauften diese mit den schönen Erinnerungen. Und fortan war es ihr Lieblingsplatz draußen im Garten.

Eine Verlobungsfeier mit den wenigen Verwandten, die Martin hatte, und mit vielen Freunden wurde sehr bald nachgefeiert. Auch Hochzeitspläne wurden schon geschmiedet. Die Vorbereitungen wurden in Angriff genommen.

Nur ein paar Wochen später fand die Traumhochzeit statt. Erika war eine bildschöne Braut. Ihre schwarzen Locken lugten überall aus dem Brautschleier hervor. Ihre tolle Figur wirkte in dem wunderschönen Brautkleid bezaubernd. Dieser große Tag verging viel zu schnell, das haben beide so empfunden, und alle Gäste, die anwesend waren, auch. Viele schöne Erinnerungsfotos wurden gemacht.

Erika hatte schon eine ganze Woche lang täglich ein Stündchen auf ihrem Lieblingsplatz auf der kleinen weißen Bank im Garten gesessen und all ihre schönen Erinnerungen in Gedanken nochmals erlebt.

Der in diesem Jahr besonders zeitig erwachte Frühling lockte sie immer wieder aus dem Haus hin zu ihrem Lieblingsplatz. Es gab jeden Tag Sonnenschein, und es war auch schon warm, so daß Erika zeitweise sogar schon ihre Strickjacke ausgezogen hatte. Sie spürte, daß ihr das gut tat. Sie trug ihr jetziges Schicksal mehr und mehr mit Fassung, und sie weinte weniger. Immer wieder hatte sie es sich abverlangt, für die vielen schönen Jahre mit ihrem geliebten Martin jetzt auch den traurigen Preis dafür zu bezahlen, und sie wußte – sie ist nicht die einzige, die so etwas aushalten können muß. „Das Leben geht weiter", hatten viele der Freunde bei Martins Beerdigung gesagt. Und das stimmt ja auch. Fast alle hatten Erika ihre Hilfe angeboten, ganz gleich, welcher Art, sie brauchte nur anzurufen. Doch Erika wollte alleine sein. Und sie meinte auch jetzt, daß sie so richtig entschieden hatte.

Auch heute saß Erika wieder an ihrem Lieblingsplatz und blinzelte ein wenig in die herrliche Frühlingssonne. Dann schloß sie die Augen, lehnte sich zurück, und schon lief ihr „Film" in ihren Gedanken weiter.

Da gab es nach ihrer Traumhochzeit eine vierwöchige Hochzeitsreise, die die beiden Vermählten auf einer verträumten kleinen Insel verlebten. Erika hatte dabei eines Tages einen Kinderwunsch ausgesprochen, und Martin sagte wieder einmal: „Kannst du Gedanken lesen, mein Liebes? Auch mir ging gerade solch ein schöner Wunsch durch den Kopf. Wie gerne möchte ich Kinder mit dir haben.“ Wieder hatten die beiden – wie schon so oft – zur gleichen Zeit die gleichen Gedanken und Wünsche.

Als Erika und Martin von der Hochzeitsreise zurück waren, mußte Martin sich nun endlich intensiv um seine Firma kümmern, er hatte einfach das Bedürfnis, auch wenn seine kompetenten Mitarbeiter ihn nicht enttäuscht, sondern würdig vertreten hatten. In der kurzen Zeit zwischen Verlobung und Hochzeit hatte Martin seine Firma auch schon wiederholt aufgesucht, aber mehr oder weniger nur stundenweise. Er hatte die Ratschläge der Ärzte sehr ernst genommen und sich vorerst noch etwas geschont, schließlich hatte er insgesamt acht Monate im Krankenhaus verbracht, dazu einige Wochen in der Reha-Klinik.

Erika indessen verspürte häufig ein kurzes Unwohlsein. Sie ging ihrer Vermutung nach und suchte den Frauenarzt auf. Glücklich konnte sie ihrem Martin die große Freude mitteilen: „Martin, mein Lieber, wir werden Eltern, ich erwarte ein Kind, und es ist alles in Ordnung, sagte mir der Frauenarzt.“

Immer wieder stellten Erika und Martin fest: „Uns fehlt nichts mehr zum Glücklichsein, nur noch unser Kind, das bald auf die Welt kommen wird.“ Begeistert kaufte Erika Babysachen. Da sie doch aber nicht wußte, auch nicht wissen wollte, ob es ein Mädchen oder ein Junge sein würde – gesund sollte das Kind sein, das war schon alles – kaufte sie nun die Babywäsche in weiß und hellgrün. Sie meinte, das könnte sowohl ein Mädchen als auch ein Junge tragen. Etwas könnte man ja dann, wenn das Baby da ist, in der entsprechenden Farbe – rosa oder hellblau, wie es nun mal üblich ist – dazu kaufen. Wenn Martin abends aus der Firma kam, erwartete Erika ihn des öfteren mit neu gekauften Babysachen. Am meisten freute sie sich über die winzigen Strampelhöschen. Auch Martin hatte an all den schönen Sachen seine Freude. Beide stellten sie sich schon ihr Baby darin vor. Ein Himmelbettchen mit vielen Rüschen hatte Erika auch schon vorbereitet. Sogar Spielzeug, mehrere Plüschtiere, gab es schon zu bewundern. Das Kinderzimmer war fertig und wunderschön. Das Baby sollte sich nun beeilen. Aber sie mußten doch noch warten, und das fiel beiden schwer.

Inzwischen war der Tag, an dem das Baby zur Welt kommen sollte, herangerückt. Erika war schon mehrere Tage davor sehr aufgeregt. Sie achtete auf jedes Gefühl in ihrem Bauch. Als sie einmal leichtes Bauchweh hatte, rief sie sofort bei Martin in der Firma an. Er eilte herbei und brachte Erika ins Krankenhaus. Sie wurde untersucht, doch es war eben nur ein leichtes Bauchweh. Es war inzwischen ja auch ziemlich eng in ihrem Bauch geworden. Und gestrampelt hatte das Baby auch schon längere Zeit fleißig. Aber an diesem Tag empfand Erika es etwas anders als sonst, deshalb waren sie vorsorglich ins Krankenhaus gefahren.

Am Tag vor dem festgestellten Geburtstermin blieb Martin zu Hause bei seiner Erika. Aber sie fühlte sich wohl, es gab noch keine Wehen. Trotzdem konnten die beiden an diesem Abend nicht gleich einschlafen. Die Gedanken waren bei der bevorstehenden Geburt. Am nächsten Morgen strahlte die Sonne den werdenden Eltern ins Gesicht und küßte sie wach, sie hatten – wie so oft – die Vorhänge nicht zugezogen. Erika fühlte sich wohl, es gab keinerlei Anzeichen.

Nach dem Frühstück holte Martin schon das Auto aus der Garage und stellte es vor die Ausfahrt. Es sollte alles sehr schnell gehen, wenn die Wehen losgehen. Martin wollte dann keine Minute versäumen. Er wollte seine Erika auf dem allerschnellsten Weg ins Krankenhaus bringen. Die Fahrt dorthin dauerte nur drei Minuten, das ist von beiden längst ausprobiert worden. Es ist eine wenig befahrene Straße, so daß mit Stau dort nicht zu rechnen ist. Erika fühlte sich auch an diesem Tag recht wohl, genau wie am Vortag. Doch Martin lief aufgeregt umher, er wußte nicht, was er noch tun könnte. Die Tasche mit den Babysachen und Sachen für Erika hatte er auch schon in das Auto gebracht.

Erika bereitete rechtzeitig ein kleines Mittagessen, so richtigen Appetit hatten sie beide nicht, sie waren eben sehr aufgeregt. Nachdem sie gegessen hatten, brachte heute Martin das wenige Geschirr, das sie benutzt hatten, in die Küche und spülte es ab. Erika mußte sich in der Zeit ein wenig hinlegen, sie sollte Kräfte sammeln für das bevorstehende freudige Ereignis. Martin duldete dabei keine Widerrede. Als er das Geschirr eingeräumt hatte, ging er in die Stube und frage Erika nach ihrem Befinden. Sie lächelte ihn an und wollte gerade sagen, daß es ihr hervorragend gehe, aber da verzog sie vor Schmerzen das Gesicht und sagte: „Martin, unser Baby will auf die Welt, es will jetzt kommen, es geht los." Sofort brachte Martin seine Erika ins Auto, und los ging es zum Krankenhaus. Dort angekommen, wurde Erika gleich untersucht, und es wurde festgestellt, daß noch keine Eile nötig war. Ein wenig Geduld mußten die beiden aufgeregten werdenden Eltern schon noch aufbringen. Martin wich nicht mehr von Erikas Seite.

Dann war es endlich soweit. Erika wurde in den Kreißsaal gebracht. Ja, und dann blieb nicht mehr viel Zeit, das Baby wollte auf die Welt. Erika brauchte sich nicht lange zu quälen. Martin hielt ihre Hand und beobachtete ihr Gesicht, um zu sehen, ob ihre Schmerzen nicht so stark sind, ob es zwischendurch noch ein kleines Lächeln geben kann. Er beobachtete aber auch die Hebamme. Plötzlich ein heftiger Aufschrei von Erika, und es folgte ein leises Quäken. Ein gesundes kleines Mädchen war geboren. Die jungen Eltern weinten Freudentränen. Sie konnten sich nicht sattsehen an diesem kleinen Menschlein, das ihre Tochter ist. Die kleine Sandra war 50 cm groß, wog gut sechs Pfund und hatte schon recht beachtlich lange schwarze Haare mit auf die Welt gebracht.

Bald fiel Erika in einen ruhigen tiefen Schlaf. Das Baby war versorgt und schlief auch bereits. Und Martin sollte nun auch nach Hause, obwohl er gerne noch geblieben wäre, aber er mußte sich fügen. Er folgte dann auch brav, und er war so glücklich.

Zuhause angekommen, schnappte Martin sich das Telefon und teilte seinen Verwandten und Freunden die freudige Botschaft mit. Er wurde von allen mit Glückwünschen überhäuft. Und immer wieder sagte er: „Das Leben kann so schön sein."

Jeden Tag besuchte der glückliche junge Vater seine kleine Familie im Krankenhaus. Er freute sich so sehr, daß es keinerlei Komplikationen gegeben hatte, daß es seiner Frau und dem kleinen Töchterchen gut geht. Erika hatte ihren Martin bei seinem ersten Besuch im Krankenhaus, nachdem die kleine Tochter geboren war, mit den Worten begrüßt: „Martin, mein Lieber, ich bin so glücklich. Das Leben kann ja so schön sein." Martin nahm seine Erika in die Arme und sagte ihr, daß auch er das allen Freunden so gesagt hatte. Er erzählte ihr, daß er am Tag zuvor gleich nach seiner Ankunft zu Hause allen Freunden und Bekannten die frohe Botschaft mitgeteilt hatte. Er übermittelte seiner Frau alle erhaltenen Glückwünsche. Die Besuchszeit war viel zu schnell vorbei. Es war nicht so leicht, die Blicke von dem kleinen gestern erst geborenen Töchterchen loszureißen und sich von seiner lieben Frau zu trennen. Es fiel Martin so schwer. Aber sie trösteten sich gegenseitig, daß es nur noch wenige Tage dieser Art geben wird. Und so war es denn auch. Schon nach einer Woche konnte Martin seine heißgeliebte kleine Familie nach Hause holen.

Martin blieb noch einige Tage zu Hause, um seiner Erika die neue Situation zu erleichtern. Er kaufte ein, bereitete das Mittagessen und spülte das Geschirr, damit Erika sich voll und ganz der kleinen Tochter widmen konnte. Sie hatten ihren Liebling „Sandra" genannt.

Immer wieder riefen Freunde und gute Bekannte an und baten darum, die junge Familie besuchen zu dürfen. Sie wollten das Töchterchen sehen und die jungen Eltern persönlich beglückwünschen. Martin teilte die Termine sorgfältig ein, so daß an jedem Tag bzw. wochentags abends nur sehr wenige Personen kommen durften, und sie mußten auch bald wieder gehen, er wollte die junge Mutti noch schonen. Alle bewunderten das gesunde niedliche Baby, und alle hatten sie Blumen für Erika und Geschenke für die kleine Sandra mitgebracht. Das geplante Nachkaufen von Babysachen in der Farbe rosa, weil es ein Mädchen ist, konnte nun entfallen, weil es sehr viele Geschenke dieser Art gab.

Die kleine Sandra entwickelte sich prächtig. Erika ging es sehr gut. Martin konnte schon nach wenigen Tagen sich wieder ganz beruhigt seiner Firma zuwenden.

Die beiden jungen Eltern waren so glücklich. Sie kamen sich vor wie in einem wunderschönen Märchen, doch es war echte Wirklichkeit.

All diese Gedanken zogen Erika jetzt in ihrer schweren Zeit wie ein Film immer wieder durch das Gedächtnis. Zu gerne saß sie immer wieder an ihrem Lieblingsplatz, auf ihrer kleinen weißen Bank, und träumte von schönen Erlebnissen der vergangenen Zeit. Im Haus erlaubte Erika sich solche Rückblicke nicht. Da erledigte sie ihre wenigen Pflichten im Haushalt, zwang sich auch zur Ablenkung zum Zeitunglesen und ein wenig Fernsehen.

Erika wurde zunehmend ruhiger. Sie hatte endlich begriffen, daß sie ihrem Leben wieder einen Sinn, einen Inhalt geben mußte. Die vielen schönen Jahre mit ihrem lieben Martin kann es nur noch in der Erinnerung geben, das ist jetzt so. Erika zwang sich auch schon einmal, einen kleinen Schaufensterbummel in dem kleinen Städtchen zu unternehmen. Doch dabei begegneten ihr auch Ehepaare und verliebte Pärchen, das war dann sehr schwer für sie. Sie wandte ihre Blicke dann sehr schnell anderen Leuten zu. Mütter mit ihren Kindern und Omis mit ihren Enkelkindern erfreuten ihr Herz. „Das hatte und habe ich auch“, sagte Erika sich in Gedanken, und das machte sie froh für ihren Heimweg.

Am nächsten Tag saß Erika wieder auf ihrem Lieblingsplatz, auf ihrer kleinen weißen Bank. Ihre Gedanken knüpften dort an, wo sie gestern geendet hatten. Sie dachte zurück an die Zeit, in der ihre Sandra ein Baby war. Wie schnell doch damals die Zeit verging mit all den schönen Erlebnissen – das erste Lächeln der Kleinen, die ersten Worte, die ersten Schritte und so weiter. All diese Erinnerungen machten Erika jetzt glücklich. Viel zu schnell verging damals die Zeit, das muß Erika immer wieder feststellen.

Bald kam ihre kleine Sandra in die Schule. Die Einschulung war ein sehr schönes Fest, das allen in Erinnerung geblieben ist. Sandra ging sehr gerne in die Schule, das Lernen fiel ihr leicht. Ihre Entwicklung verlief in jeder Hinsicht positiv. Von klein an malte und zeichnete Sandra sehr gerne. Bald schon zeichnete sie wunderschöne Kleider, Blusen, Kostüme. So entwickelte sich schon in früher Kindheit ihr Berufswunsch. Sandra wollte einen Beruf in der Modegestaltung erlernen. Sie machte diesen Wunsch auch Schritt für Schritt wahr. Nach ihrem Abitur, das sie mit Auszeichnung absolvierte, erlernte sie zunächst den Beruf der Schneiderin. Schritt für Schritt qualifizierte sie sich weiter. Sie besuchte Veranstaltungen im In- und Ausland, die sich mit Modeschöpfung beschäftigten, so auch in Italien, wo sie sich in ihren Roberto verliebte. Es war beiderseitig Liebe auf den ersten Blick. Sandra hatte außer Englisch auch noch Spanisch und Italienisch gelernt. Sprachen fielen ihr leicht und machten ihr Spaß. So wurde sie perfekt in drei Fremdsprachen. Wenn es nicht so gewesen wäre, hätten sie sich auch gut auf deutsch verständigen können, denn Roberto beherrschte die deutsche Sprache recht gut. Die verliebten jungen Leute besuchten sich, so oft es ihnen möglich war. Bei jedem Abschied gab es Tränen. Schon sehr bald hatten sie dann beschlossen, zu heiraten, um endlich immer zusammen sein zu können. Genau wie bei Erika und Martin war Sandras Hochzeit auch eine wunderschöne Traumhochzeit. Sie wurde zu Hause in Sandras Elternhaus gefeiert. Sandra war eine faszinierende Braut, und sie war auf ihren Roberto genauso stolz, wie er auf seine wunderschöne Braut. Viele schöne Fotos wurden gemacht.

Zwei Tage nach der Hochzeit begab sich das junge Paar auf die Hochzeitsreise. Kurz nach der Rückkehr zog Sandra mit ihrem Roberto in seine Heimat nach Süditalien.

Erika und Martin, die stolzen Eltern, haben sich lange Zeit fast täglich die schönen Hochzeitsfotos angesehen, denn das junge Paar selbst war nun weit weg.

Schon nach einem Jahr wurden Sandra und Roberto Eltern eines Zwillingspärchens. Sie waren eine sehr glückliche Familie, genau wie Sandra es bei ihren Eltern erlebt hatte.

All diese Gedanken, diese schönen Erinnerungen entwickelten in Erika eine große Sehnsucht, ihre Tochter, den Schwiegersohn und die Enkelchen recht bald zu besuchen. Sehr bald tat sie es dann auch. Sandra und die ganze Familie hatten sich so sehr gefreut, als Erika sie wissen ließ, daß sie sie sehr bald besuchen wird. Und Erika selbst freute sich auch von Tag zu Tag mehr auf die Reise. Ihre liebe Nachbarin sah während Erikas Abwesenheit in ihrem Haus nach dem Rechten, so konnte Erika ohne Sorgen reisen, was doch sehr beruhigend war.

Sandra holte ihre Mutti vom Flughafen ab. Sie haben sich herzlich umarmt und hatten Eile, nach Hause zu kommen, weil Erika sich sehr nach ihren beiden Enkelkindern und ihrem Schwiegersohn sehnte.

Traumhaft schöne vier Wochen verlebte Erika bei ihren Lieben, doch dann wollte sie wieder nach Hause. Die Einladung ihrer Lieben, für immer zu ihnen zu ziehen, lehnte Erika ab, sie versprach aber, sie jedes Jahr mindestens einmal, sicher wohl zweimal, zu besuchen. Das wollte sie sehr gerne.

Nachdem Erika gut zu Hause angekommen war, rief sie ganz kurz ihre Tochter an, um es ihr mitzuteilen. Auch bei der Nachbarin rief sie kurz an, um ihr zu sagen, daß sie gut erholt und wohlbehalten zurück war. Aber sie ging an diesem Abend sehr bald ins Bett. Sie mußte sich von all den schönen Erlebnissen und von der Rückreise erst einmal erholen, richtig ausschlafen und dann all die schönen Erlebnisse in Gedanken nochmals erleben.

Am nächsten Morgen begab Erika sich gleich nach dem Frühstück in den Garten. Im Blumengarten blühte und duftete es herrlich, aber alles rief auch nach Pflege. Die Erdbeeren, die sie so gerne aß, brauchten ganz dringend Pflege. Sie fingen schon vor ihrer Reise an zu blühen, und es gab jetzt wieder viel Unkraut dazwischen, obwohl sie vor der Reise alles in Ordnung gebracht hatte. Mit dem notwendigen Naß hatte die Nachbarin die Blumen und Erdbeeren während Erikas Abwesenheit versorgt. Erika erledigte die jetzt anfallenden Arbeiten im Garten sehr gerne. Gemüse, wie in all den vergangenen Jahren, hatte Erika in diesem Jahr nicht gesät. Nach getaner Arbeit freute sich Erika an ihren bunten Blumen, die jetzt noch schöner aussahen. Auch bemerkte sie jetzt erst richtig, wie sich die Erdbeeren während ihrer Abwesenheit beeilt hatten. Sehr viele Erdbeeren hatten schon ihre vollkommene Größe erreicht, einige färbten sich schon etwas, und einzelne wollten unbedingt schon reif sein. Ja, warum eigentlich nicht? Übermorgen ist Sommeranfang.

Auf ihrer kleinen weißen Bank saß Erika immer wieder mal gerne, aber sie weinte nicht mehr so oft, ab und zu rollten schon noch ein paar Tränen über ihre Wangen hinunter. Doch Erika wollte jetzt nicht mehr weinen, sie wollte tapfer sein. Es gab doch noch so viel Schönes für sie.

Bisher trug Erika immer nur ihre schwarze Trauerkleidung. Schon ihre Tochter und auch ihre liebe Nachbarin versuchten sie zu ermuntern, sich wieder etwas farbiger zu kleiden. Wie lange sie ihre Trauer in ihrem Herzen trägt, hängt nicht von der schwarzen Kleidung ab. Erika wechselte einige schwarze Kleidungsstücke mit grauen ab, und bald sah man auch hier und da ein klein wenig Weiß an ihrer Kleidung. Zu farbiger Kleidung konnte sie sich aber noch nicht entschließen.

Immer wieder saß Erika auf ihrer kleinen weißen Bank. Und es gelang ihr mehr und mehr, die Traurigkeit zu überwinden. Es fanden nun auch andere Gedanken und kleine Wünsche wieder Platz in ihr. So hatte sie doch gerade die Italienreise zu ihren Lieben erlebt, noch wenige Wochen davor hatte sie sich nicht vorstellen können, schon zu reisen. Jetzt mußte Erika auch oft an die schöne Zeit mit ihrer besten Freundin zurückdenken. Wie lange haben sie sich nicht mehr gesehen? Wenn auch die Abstände mitunter etwas größer waren, so war ihr Briefverkehr doch nie abgebrochen. Sie berichteten sich gegenseitig über ihr Leben, über ihre Kinder, und immer wieder hatte Gitti ihre Freundin zu sich eingeladen. Jetzt, in der schweren Zeit, hatte Gitti immer wieder in ihren Briefen versucht, Erika Trost zuzusprechen. Sie erinnerte Erika daran, daß sie doch nicht alleine war, sie hat ihre Tochter, den Schwiegersohn und die beiden Enkelchen, die sich so lieb um sie bemühen. Immer wieder lud die Tochter Erika ein, bei ihnen zu leben. Gitti lud sie immer wieder ein, sie zu besuchen. Gerade gestern erst hatte Erika schon wieder eine Einladung von ihrer Freundin Gitti und ihrem Mann erhalten, sie doch endlich in Spanien zu besuchen.

„Warum eigentlich habe ich meine Freundin schon so lange nicht besucht?“ fragte Erika sich, und sie beschloß in diesem Moment, noch heute an Gitti zu schreiben und ihr mitzuteilen, daß sie schon in wenigen Tagen kommen würde. Es war inzwischen schon September, Erika war schon ein halbes Jahr alleine ohne ihren Martin. Sie schrieb den Brief an Gitti mit ihrer Besuchsanmeldung und brachte ihn auch gleich zum Briefkasten, um nicht wieder unschlüssig zu werden und sich nur ihrer Trauer hinzugeben. Als der Brief im Briefkasten war, ging sie sogar etwas vergnügt nach Hause und widmete sich sogleich ihren Reisevorbereitungen. Als Gitti diesen Brief erhielt, rief sie sofort bei Erika an und ließ sie wissen, wie sehr sie sich auf ihren Besuch freut. Freudentränen erstickten teilweise ihre Worte. Auch Erika weinte Tränen der Freude. Doch beide beruhigten sich sehr schnell, denn schon in drei Tagen würden sie sich nach sehr langer Zeit glücklich umarmen können.

Erika hatte einen guten Flug. Gitti holte sie vom Flughafen ab. Die Freundinnen begrüßten sich herzlich, umarmten sich immer wieder und putzten die Freudentränen weg. Sie kehrten noch schnell auf einen Cappuccino in das einladende kleine Café im Flughafen ein. Und sie hatten so viel zu erzählen. Dann endlich begaben sie sich zum Auto und fuhren zu Gitti nach Hause.

Vier wunderschöne Wochen verlebten die beiden Freundinnen in Spanien miteinander. Immer wieder begann ihr Gespräch mit: „Weißt du noch, damals ...“ Wieder und wieder erinnerten sie sich an ihre Jungmädchenzeit. Ihre täglichen Spaziergänge mit Schaufensterbummel machten Erika viel Freude, ihre Trauer rückte nun endlich ein wenig in den Hintergrund. Gitti ließ sich nicht verbieten, ihre Freundin nach so vielen Jahren zu beschenken. Sie kaufte ihr ein elegantes blaues Kostüm, gleichfarbige Pumps dazu und zwei schöne Blusen. Gitti hatte die Sachen ausgesucht und selbstverständlich dann Erika auch gefragt, ob sie ihr gefallen. Freudig ging Erika mit den Sachen in die Anprobierkabine und kam schon bald als eine wunderschöne elegante Dame heraus, sie sah bezaubernd darin aus. Sie war keinesfalls dagegen, daß die Sachen nicht schwarz oder grau waren. Gerne ließ sie sich von der Freundin verwöhnen.

Am nächsten Tag wollte Gitti nochmals einen Einkaufsbummel mit Erika zusammen machen und den Geschenken noch ein schönes Abendkleid hinzufügen. Sie hatte vorgeschlagen, daß sie am Samstagabend zusammen mit ihrem Mann nach so langer Zeit wieder einmal gemeinsam zum Tanzen gehen. Doch dazu konnte Gitti Erika nicht überreden, und auch er schaffte es nicht. Das wollte Erika nicht, weil sie spürte, daß sie an solch einem Abend sehr traurig sein und ihren Martin unerträglich vermissen würde. Gitti hatte heimlich gehofft, daß Erika sich bei einem Tanzabend vielleicht in einen schmucken Spanier verlieben, sich mit ihm gemeinsam eine Zukunft aufbauen und eventuell sogar in ihrer Nähe wohnen würde. Aus diesem Traum von Gitti wurde aber nichts, so sehr sie sich auch bemühte. Sie akzeptierte Erikas Einwand, fand Verständnis dafür, und sie erzählte Erika dann auch, was sie heimlich gewünscht und gehofft hatte.

So schön die Zeit bei Gitti auch war, nach vier Wochen wollte Erika wieder nach Hause. Wenn auch nicht gerne, so gab Gitti dann doch bald nach mit ihrer Bettelei, daß Erika noch bleiben möge. Erika versprach, bald einmal wiederzukommen, spätestens im nächsten Sommer.

Erika trat ihre Heimreise an. Gitti brachte sie selbstverständlich zum Flughafen. Es war inzwischen schon Ende Oktober. Erika wußte, daß sie im Garten noch einige Arbeiten erledigen mußte. Sie hatte einen guten Flug mit einem kleinen Erlebnis, welches sie ziemlich durcheinander brachte. Kaum, daß sie im Flieger ihren Platz eingenommen hatte, stand ein gutaussehender Herr, etwa sechzig Jahre alt, neben ihr, stellte sich vor und ließ Erika wissen, daß der Platz neben ihr seiner war. Als er ihr zur Begrüßung die Hand reichte, überkam Erika ein merkwürdiges Gefühl wie Gänsehaut, und ihr wurde heiß im Bauch. Sie wurde etwas verlegen und fragte sich in Gedanken: „Was ist los mit mir? Bin ich etwa krank? Warum aber gerade jetzt?“ Ihr Platznachbar, der ihre Verlegenheit bemerkt hatte, lenkte sie mit einem kleinen Gespräch ab. Auch leitete er Hoffnungen für sich von Erikas Verlegenheit ab. Ihre Gefühle wiederholten sich und hielten an. Sie konnte nichts dagegen tun. Sie flüchtete sich gerne in ein Gespräch mit diesem netten Herrn, sie wollte so sehr aus ihrer Verlegenheit kommen, was dann allmählich auch gelang. Dieser Herr hatte sich Erika mit „Siegfried Schneider" vorgestellt. Im Laufe des Gesprächs erzählte er Erika, daß er seit zwei Jahren verwitwet sei, daß seine Frau Italienerin war, daß ihre Eltern noch lebten und er sie vor kurzem besucht hatte. Es stellte sich heraus, daß sie nur wenige Kilometer von der Stadt entfernt wohnten, wo auch Erikas Tochter mit ihrer Familie und den Schwiegereltern nebenan ihr Zuhause haben.

Herr Schneider war in seinen Gesprächen sehr taktvoll, keineswegs aufdringlich. Erika fand die Gespräche mit ihm angenehm. Gerne hörte sie ihm zu. Sie fand ihn sehr sympathisch, seine Stimme und seine ganze Art überhaupt. Erika hatte auch keine Hemmungen, Herrn Schneider von ihrer Situation zu erzählen. Ihr war dabei nicht entgangen, daß er ein strahlendes Leuchten in den Augen hatte, als sie ihm erzählte, daß auch sie verwitwet ist. Natürlich hat er ihr taktvoll gesagt, daß ihm das sehr leid täte. Das strahlende Leuchten in seinen Augen ließ aber erkennen, daß er sich ein Wiedersehen mit Erika wünschte.

Im Laufe des Fluges stellte sich während ihrer Gespräche heraus, daß sie beide in demselben Städtchen wohnten. Dann landeten sie auch schon bald. Da Erikas Haus auf dem Wege zu Herrn Schneiders Zuhause lag, bot er ihr an, zusammen ein Taxi zu nehmen. Erika war einverstanden. Doch als Herr Schneider dann die Taxikosten alleine tragen wollte, wurde Erika zickig und lehnte es ab. Er wollte sie aber gerne wiedersehen, und so erkannte er sofort, daß er jetzt nachgeben mußte, um seinen Traum noch aufrechterhalten zu können. Und er gab auch nach. Erika lächelte ihn dafür dankbar an. Herr Schneider trug Erikas Koffer noch schnell bis an die Haustür und fragte sie ganz höflich, ob er sie anrufen dürfe, ob sie ihm ihre Telefonnummer geben würde. Erika erlaubte ihm, sie anzurufen und sagte, daß ihre Nummer im Telefonbuch steht, ihren Namen wußte er ja bereits. Dankend verabschiedete sich Herr Schneider von Erika und begab sich zur Weiterfahrt zu seinem Taxi, wo er während des Einsteigens ihr noch zuwinkte.

Angenehm erregt schloß Erika ihre Haustür auf, ging hinein, stellte ihre Sachen gleich in den Flur, zog ihren Mantel aus, hängte ihn an die Garderobe und begab sich in das Wohnzimmer. Sie öffnete die Fenster, um zu lüften, und wollte die Heizung einschalten, doch da stellte sie fest, daß ihre Stube sehr gut gelüftet war und ihr eine angenehme Wärme entgegenkam. Das konnte doch nicht sein, es war Ende Oktober und schon ziemlich kühl draußen. Sie faßte an die Heizung, die war sehr warm. Die Nachbarin hatte vorsorglich die Heizung schon am Vortag angestellt und am Vormittag dieses Tages alles gut gelüftet. Es war der Tag, an dem Erika voraussichtlich wiederkommen wollte, das hatte sie ihrer Nachbarin vor der Abreise schon gesagt und nun auch eingehalten, anderenfalls hätte sie Bescheid gegeben. Erika schloß die Fenster gleich wieder, nahm sich das schnurlose Telefon und begab sich auf die Couch. Sie rief ihre Nachbarin an, teilte ihr mit, daß sie gesund und munter wieder zu Hause war, und sie bedankte sich herzlich. Die Nachbarin bat Erika, am nächsten Tag, es war ein Samstag, zu ihr zum Mittagessen zu kommen, sie hat schon alles vorbereitet. Erika sagte zu, denn sie hatte ihrer Nachbarin auch ein kleines Geschenk als Dank aus Spanien mitgebracht.

Erika holte sich eine Flasche Wein und ein schönes Glas, öffnete die Flasche und goß ein. Erschrocken stellte sie sich dann die Frage: „Was tue ich denn jetzt? Was soll das?“ Seit Erika ihren Martin nicht mehr hatte, hat sie so etwas nie getan, es geschah jetzt irgendwie unbewußt, gedankenversunken. Nun ja, sie hatte eingegossen, also nahm sie auch ein Schlückchen, und noch eins, und noch eins. Jetzt hatte sie den Mut, ihre Freundin anzurufen und ihr alles zu erzählen. Anrufen mußte sie ohnehin, das war versprochen, zumindest „gut angekommen“ mußte sie sagen. Doch zuerst rief sie noch schnell ihre Tochter an und teilte ihr mit, daß sie wohlbehalten zu Hause angekommen war und sie eine schöne Zeit mit ihrer Freundin verbracht hatte. Ihr Erlebnis hatte sie Sandra besser noch nicht erzählt, sie war sich nicht sicher, wie die Tochter reagieren würde, denn sie hatte ihren Vater sehr geliebt. Vielleicht würde sie ihrer Mutti Vorwürfe machen, daß sie sich mit einem fremden Mann stundenlang unterhalten hatte, vielleicht würde Sandra sagen: „Du hättest dich auch schlafend stellen können.“ Erika war unsicher und beschloß, erst einmal darüber zu schlafen, ehe sie die Tochter in ihr Erlebnis einweiht.

Mit ihrer Freundin, der Gitti, telefonierte Erika aber doch länger als eigentlich vorgesehen. „Gitti, du glaubst es nicht, was mir passiert ist auf dem Flug.“ Gitti erschrak und wollte wissen, was geschehen ist. Erika erzählte von der Bekanntschaft mit Herrn Schneider und von ihren sonderbaren Gefühlen. Gitti schrie fast vor Begeisterung ins Telefon: „Erika, ich könnte die ganze Welt umarmen. Ich freue mich ja so für dich.“ Erika antwortete: „Gitti, du spinnst. Das kann ich doch Martin nicht antun. Nein, das darf es nicht geben.“ Gitti bemühte sich, Erika zu überzeugen, daß sie das Schicksal in dieser wunderbaren Weise annehmen muß. „Martin würde es bestimmt nicht wollen, daß du es nicht zulassen willst, daß es dir gut geht“, sagte Gitti ziemlich energisch. Doch Erika wollte die Tatsachen so nicht akzeptieren. „Es war ein netter Sitznachbar im Flieger und ein sehr unterhaltsames, angenehmes Gespräch, und jetzt Schluß mit diesem Thema. Ich werde Martin das nicht antun.“ Das waren Erikas letzte Worte zu diesem Thema. Dann schwärmte sie Gitti noch viel vor von der schönen Zeit bei ihr, sie bedankte sich nochmals und versprach, daß sie sie bald wieder besuchen würde.

Erika leerte noch ein zweites Gläschen Wein, erlebte in Gedanken nochmals ihr schönes unverhofftes Erlebnis, wobei sie wieder ihre sonderbaren Gefühle wahrnahm. „Ach, das macht doch nur der Wein!“ versuchte sie sich einzureden. Dann aß sie eine Kleinigkeit und ging sehr zeitig ins Bett.

Am nächsten Morgen, als sie wach wurde, frage Erika sich: „Warum habe ich das ganze Erlebnis vom Flieger nun im Traum nochmals erlebt? Sollte Gitti wirklich Recht haben, daß ich mich verliebt haben könnte? Das will ich aber doch nicht. Ich will meinem Martin treu bleiben.“

Erika will ihrem Leben wieder einen Sinn geben, nur weiß sie noch nicht recht, wie. Aber einen neuen Mann – das will sie eigentlich nicht. Sie will Martin treu bleiben, obwohl er durch seinen Tod für immer von Erika gegangen ist.

Wieder – wie schon so oft – trat die alte und immer wieder neue Frage in Erikas Gedanken: „Wer ist Eka? Wer bin ich wirklich? Heiße ich Erika? Wo komme ich her? Wer waren meine leiblichen Eltern? Meine lieben Eltern, die mich adoptiert haben, leben nicht mehr. Meine leibliche Mutter ist damals ganz sicher ertrunken, wie

Tante Agnes meinen Eltern erzählt hat. Ganz bestimmt hätte sie mich gesucht oder suchen lassen, wenn sie durch ein großes Wunder doch irgendwie überlebt hätte. Aber wo ist mein leiblicher Vater? Hat er den Krieg überlebt? Hat er mich vielleicht gesucht und nicht gefunden? Sicher hat er meine leibliche Mutter, seine Frau, gesucht und nicht gefunden, dann konnte er auch gar nicht auf den Gedanken kommen, daß ich als Baby allein in dieser schrecklichen Zeit überlebt haben könnte. Wie denn auch? Ich möchte zu gerne wissen, wer ich bin und wer meine leiblichen Eltern waren. Ob es vielleicht besser gewesen wäre, wenn meine lieben Eltern mir gar nicht erzählt hätten, daß sie mich adoptiert haben? Aber ich kann es verstehen, daß meine liebe Mutti nicht mit diesem Geheimnis sterben wollte."

Erika sah auf die Uhr, es war schon elf. „Ja, dann muß ich mich jetzt schnell anziehen und meine Zusage – zur Nachbarin zum Mittagessen – wahr machen. Ich habe ja gar nicht gefrühstückt, aber auch immer noch keinen Hunger. Zu lange geschlafen habe ich. Aber warum eigentlich nicht?! Ich habe die ganze Zeit jetzt mit all diesen Gedanken vertan." Trotzdem fühlte sich Erika recht gut. Sie fing wieder an zu leben.

Gerade wollte Erika mit dem schön verpackten Geschenk zur Nachbarin gehen, da läutete ihr Telefon. Sie ging nicht ran, denn sie vermutete, daß es Herr Schneider sein könnte, der sie vielleicht besuchen oder einladen wollte. Nein, das wollte sie jetzt nicht. Sie ließ es läuten und ging zur Nachbarin. Erika bedankte sich nochmals persönlich und überreichte das kleine Geschenk. Gespannt packte die Nachbarin es aus, sie war begeistert, und Erika freute sich. Der Tisch war schon gedeckt, sehr festlich, wie Erika empfand. Sie fragte, ob es etwas zu feiern gäbe. Freudestrahlend beantwortete die Frau diese Frage mit „Ja". Sie teilte Erika ganz offen und ehrlich ihre Freude darüber mit, daß Erika nun endlich zu leben anfing, daß sie aufgehört hatte, nur immer wieder weinend auf der Bank zu sitzen, daß sie zweimal kurz hintereinander verreist war, ihre Lieben endlich besucht hatte. Dann war auch schon das Mittagessen fertig. Sie aßen genüßlich und tranken dann eine Flasche Wein, den Erika mitgebracht hatte, sie bestand darauf, daß es dieser sein mußte. Die Gastgeberin hatte auch ein Fläschchen kaltgestellt. Die beiden Frauen saßen nun ganz fröhlich beieinander. Der Wein hatte wohl auch seinen Beitrag geleistet. Erika erzählte von der schönen Zeit bei ihrer Freundin in Spanien. Und da sie beide ein wenig beschwipst waren, sich auch schon sehr lange kannten und gut verstanden, überlegte Erika einen Moment, ob sie der Nachbarin ihr Erlebnis erzählen sollte oder doch lieber nicht. Die Nachbarin bemerkte, daß irgend etwas Erika beschäftigte und fragte: „Haben Sie Probleme, liebe Nachbarin?“ – „Ja“, sagte Erika. Sie kannten sich nun schon so lange und waren immer noch per „Sie“, was aber auch daran lag, daß sie einen Altersunterschied von knapp zwanzig Jahren hatten, also wie Mutter und Tochter. Frau Lehmann ahnte scheinbar, daß Erika diesen Zustand gerne verändern wollte, es ließe sich dann ja auch viel besser erzählen. Sie sagte: „Wir kennen uns nun schon so lange, haben ein Verhältnis miteinander, das man auf jeden Fall Vertrauen nennen muß. Wir sind immer noch per ‚Sie‘. Ich bin die Ältere. Wenn Sie mögen, liebe Erika, sagen Sie ab heute einfach ‚Lotti‘ zu mir, das ‚Sie‘ spülen wir jetzt mit unserem letzten Gläschen hinunter.“ Sie stießen an, nahmen ein Schlückchen, und dann sagte Erika: „Danke, liebe Lotti.“ Beide empfanden es als wohltuend, diesen Schritt endlich gemacht zu haben.

Erika war ein wenig beschwipster als Lotti, lächelte ihre liebe Freundin schelmisch an, so daß Lotti fragen mußte: „War das mit unserem störenden ‚Sie‘ schon alles? Hast Du noch andere Wünsche? Willst du etwa bei mir einziehen?“ Das war natürlich ein Scherz, das wußten beide. Etwas übermütig und fröhlich waren diese beiden Frauen. Erika hielt diese Situation für bestens geeignet, Lotti alles zu erzählen, was sie dann auch wirklich tat. Wie hat sich Lotti für Erika gefreut. „Das Schicksal meint es gut mit dir. Man muß sein Glück festhalten, wenn es einem so begegnet.“ Erika war ganz durcheinander. Irgendwie kamen ihr selbst beim Erzählen dieses Erlebnisses wieder diese merkwürdigen Gefühle. Trotzdem fühlte sie sich heute sehr wohl dabei, sie fühlte sich so wohl wie schon lange nicht mehr, außer bei ihrer Freundin Gitti, wo sie über Jugenderinnerungen geplaudert hatten. Auch bei ihren Lieben in Italien hatte sie viele schöne Stunden, aber eben ganz anders als jetzt nach dem Erlebnis mit Herrn Schneider.

Lottis Hündchen, das so lange artig in seinem Körbchen geschlafen hatte, forderte jetzt mit Nachdruck seine Rechte – Gassi gehen! So unternahmen die beiden Frauen mit dem Hündchen einen kleinen Spaziergang. Erika wollte nach Hause, als sie an ihrem

Haus vorbeikamen, aber Lotti bestand darauf, daß sie noch auf eine Tasse Kaffee und ein Stückchen selbstgebackenen, frischen Kuchen mitginge. Erika nahm auch diese Einladung gerne an, sie ließ sich heute so richtig verwöhnen, nahm Lotti aber das Versprechen ab, daß sie nächsten Sonntag zu Erika käme. Sie sagte zu und freute sich schon jetzt darauf. Aus dem vorgesehenen kurzen Besuch bei der Nachbarin waren mittlerweile sechs Stunden geworden, und Erika war nicht bei der Nachbarin sondern bei ihrer Freundin Lotti. Es war ein schöner Tag. Erika bedankte sich herzlich bei Lotti und begab sich nun endlich nach Hause. Es wurde schon schummrig.

Als Erika ihre Haustür aufschloß, läutete das Telefon. Sie ging nicht ran, obwohl es sehr lange läutete. Sie vermutete Herrn Schneider am Apparat und meinte, daß sie in ihrer fröhlichen Stimmung ihm jetzt auf eine Einladung sehr wahrscheinlich eine Zusage geben würde, obwohl sie sich vorgenommen hatte, es nicht zu tun. Sie wollte ihrem Martin treu bleiben. Es sollte keinen anderen Mann in ihrem Leben mehr geben.

Und noch einmal läutete das Telefon, und wieder ging Erika nicht ran, sie hatte ihren Grund dafür. Um sicher zu gehen, daß nicht etwa einer ihrer Lieben versucht hatte, sie anzurufen, rief sie kurz bei Gitti in Spanien an und fragte nach. Nein, Gitti hatte nicht angerufen. Sie tadelte Erika aber für ihr Verhalten. Selbst wenn Herr Schneider der Anrufer gewesen ist, sprechen hätte sie doch wenigstens mit ihm können. Doch Erika erzählte Gitti von ihrem fröhlichen Tag bei der Nachbarin, die nun ihre Freundin Lotti war. Sie fügte noch hinzu: „Wir haben ein Fläschchen Wein geleert, ich habe einen ziemlichen Schwips und würde sicher jetzt in meiner beschwingten Verfassung eine Einladung von Herrn Schneider annehmen, und du weißt, daß ich das nicht will, weil ich meinem geliebten Martin treu bleiben will.“ Gittis Worte fielen bei Erika auf keinen fruchtbaren Boden. Erika beendete das Gespräch mit dem Versprechen, daß sie in den nächsten Tagen wieder anrufen würde.

Erika saß ein paar Minuten da, rief dann bei ihrer Tochter an und erzählte von dem schönen Tag, den sie mit ihrer Nachbarin, jetzt Freundin Lotti, erlebt hatte. Sandra freute sich: „Endlich fängst du wieder an zu leben, Mutti, endlich!“ Kurz entschlossen erzählte Erika ihrer Tochter nun alles, was sich auf dem Rückflug von ihrer Freundin Gitti aus Spanien ergeben hatte. Erika wollte ihre Tochter noch fragen, wie sie über all das dachte, ob sie sich auf Gespräche mit Herrn Schneider nicht hätte einlassen sollen, aber sie kam gar nicht mehr dazu, denn Sandra rief freudig erregt: „Mutti, ich freue mich ja so für dich. Nach dieser für dich so schweren Zeit meint das Schicksal es jetzt gut mit dir. Halt dein Glück fest, du weißt nicht, ob es dir noch einmal so begegnet. Und noch etwas, liebe Mutti – du bist mit deinen 58 Jahren noch viel zu jung, um alleine zu bleiben, um nur zu trauern und zu weinen über ein Schicksal, das nicht zu ändern ist. Papi würde keinesfalls wollen, daß du dich so quälst. Mutti, überleg' es dir gut, was du da tust, aber überlege nicht zu lange, sonst könnte es zu spät sein, und du würdest es sehr bereuen. Gib' deinem neuen Glück eine Chance." Erika versprach ihrer Tochter, daß sie über alles nochmals nachdenken wollte. Dann haben beide sich alles Gute gewünscht und ihr Gespräch beendet.

Erika war ganz durcheinander. Sie ließ sich ein duftendes Bad ein und genoß es ausgiebig. Eigentlich wollte sie dabei an gar nichts denken, doch das gelang ihr nicht. „Gitti, Lotti und Sandra, alle drei sagten sie übereinstimmend fast sogar die gleichen Worte. Wie soll ich mich denn nun verhalten? Meine Ablehnung akzeptiert keiner, auch meine Gefühle stimmen mit all dem, was mir von allen gesagt wird, überein. Nur meine feste Absicht, Martin treu zu bleiben, spricht dagegen. Sehnsucht nach einem lieben Menschen in meiner Nähe habe ich eigentlich auch." Erika erschrak, denn sie hatte ihre letzten Worte noch gehört, also nicht gedacht, sondern laut ausgesprochen.

Nach dem Bad nahm Erika das Telefonbuch zur Hand, um nachzusehen, ob dieser Herr Schneider dort aufgeführt war. Ja, sie fand ihn, da stand eine Nummer für Herrn Dr. med. Siegfried Schneider privat und eine weitere für die Praxis. Erikas Herz raste. Sie war wieder so aufgeregt. Erika sah auf die Uhr und stellte fest, daß es schon fast ihre übliche Schlafenszeit war, also ging sie ins Bett.

Am nächsten Morgen schien Erika die Herbstsonne direkt ins Gesicht. Sie hatte vergessen, die Rolläden herunterzulassen, wie sie das sonst für die Nacht immer tat, wenn sie etwas länger schlafen wollte. Nun war sie heute sehr früh wach. Sie blieb noch ein wenig im Bett und dachte über ihren Traum nach. Sie hatte geträumt, daß Herr Schneider sie zum Mittagessen in ein feines Lokal eingeladen hätte. Es war ein schönes Erlebnis. Sie haben sich nett unterhalten. Beide hatten das Gefühl, als würden sie sich schon länger kennen, nicht erst seit ihrem Rückflug aus Spanien. „Ja, dieses schöne Erlebnis habe ich nur geträumt. Sicher hätte ich es in Wirklichkeit haben können. Aber ich selbst habe alles kaputt gemacht."

Erika ärgerte sich schon fast über ihr Verhalten. Immer wieder hatte das Telefon geklingelt. Vielleicht wäre das der Anfang für eine schöne, glückliche Zukunft gewesen.

Erika ging ins Bad, machte sich startklar für den Tag, dann frühstückte sie und ging etwas mißgelaunt an die Arbeit. Sie packte ihren Koffer aus, räumte alles an seinen Platz und setzte eine Waschmaschine an. Plötzlich klingelte es an der Tür. Erika wollte erst gar nicht hingehen, reagierte dann aber doch normal, denn Herr Schneider konnte es ja nicht sein, mutmaßte sie, wenn er Arzt ist, hat er am Vormittag Sprechstunde. Sie öffnete. Es war Lotti, die ihr Hündchen ausgeführt hatte, und nun wollte sie nur mal schnell sehen, wie es Erika nach ihrem schönen gemeinsamen Sonntag ging. Sie merkte sofort, daß Erika etwas mißgelaunt war, ihr gegenüber aber nett und höflich blieb, also galt es keinesfalls ihr. Auf Lottis Frage: „Ist irgend etwas passiert mit dir?" sagte Erika nur, daß alles in Ordnung sei. Lotti ging auch gleich wieder, denn es war schon fast Mittagszeit. Erika machte sich heute nur ein kleines Schnell-Mittag.

Nachmittags erledigte sie draußen noch einige Arbeiten, räumte u.a. auch ihre kleine, weiße Bank schon für den Winter weg, denn es war schon Anfang Oktober. Es könne bald Frost und Schnee geben, und was sie jetzt erledigte, brauchte sie dann nicht tun, wenn es kälter war. Die Zeit verging sehr schnell.

Ziemlich erschöpft saß Erika dann in der Küche am Tisch, um ein wenig Abendbrot zu essen. Heute schmeckte ihr nichts. Sie beschloß, am nächsten Tag einzukaufen, um wieder einige leckere Sachen im Kühlschrank zu haben. Dann sah sie noch die Nachrichten und einen Liebesfilm von Rosamunde Pilcher im Fernsehen. Als da ein verliebtes junges Pärchen nach einem kleinen Streit um ein Mißverständnis sich glücklich wieder versöhnte, rollten bei Erika die Tränchen die Wangen hinunter. Erika war gar nicht so recht sicher, ob es nur Tränen der Rührung waren – oder gar andere? Sie sehnte sich doch auch nach einem lieben Menschen. Etwas verschämt trocknete sie ihre Tränen und sprach vor sich hin: „Wenn mein Telefon jetzt läutet, gehe ich ran, auch, wenn es Herr Schneider sein kann." Sie hoffte sogar, daß er heute anrufen möge. Sie wünschte es sogar. Doch es passierte nicht.

Etwas betrübt ging Erika bald schlafen. Ihre Rolläden zog sie heute herunter, denn sie wollte morgen länger schlafen, sie hatte doch gar nichts zu versäumen. Heute hatte sie recht fleißig gearbeitet. Für morgen war wieder Regen angesagt.

Erika hatte keinen Wecker gestellt, sie wollte schlafen, bis sie von selbst aufwachte. Plötzlich läutete das Telefon sie wach. Mit dem Gedanken, wer wohl so früh anruft, sah sie schnell auf die Uhr, bevor sie ans Telefon ging. Es war schon zehn Uhr, also keineswegs zu früh, um anzurufen. Am Telefon entschuldigte sich nur eine weibliche Stimme dafür, daß sie sich verwählt hatte.

Nach dem Frühstück begab sich Erika an den großen Bücherschrank, der prall gefüllt war, überwiegend mit Liebesromanen. Es gab Zeiten, wo sie oft und gerne solche Bücher gelesen hatte, Liebes- und Schicksalsromane. Sie suchte sich ein paar schöne Bücher heraus und legte sie auf das Tischchen an der Couch. Sie wollte sich auch gleich noch für das Buch entscheiden, das sie zuerst lesen wollte. Sie wunderte sich schon ein wenig, daß sie sich nur Liebesromane herausgesucht hatte. Es gab da doch noch reichlich Literatur verschiedener Art, die auf jeden Fall auch lesenswert war. „Also haben Gitti, Sandra und Lotti wohl doch recht, sie haben sich nicht geirrt – ich habe mich verliebt, und ich sehne mich mehr und mehr nach einem lieben Menschen." Erika erschrak, weil sie diese Gedanken wieder hörbar vor sich hingemurmelt hatte. Und sie hoffte immer wieder auf einen Anruf von Herrn Schneider. Sie wollte jetzt nicht mehr zickig sein. „Nun ja, er ist Arzt, es ist noch Vormittagssprechzeit. Vielleicht ruft er heute abend an", so hatte Erika wieder hörbar vor sich hingemurmelt.

Heute hatte Erika viel gelesen, ein Buch von Rosamunde Pilcher. Das Telefon hatte leider nicht geläutet. Kaum im Bett, schlief sie auch schon ein. In dieser Nacht träumte sie von dem, was sie am Vorabend gelesen hatte.

Nach dem Frühstück hatte Erika ihren geplanten Einkauf erledigt. Dann gab es noch einige Putzarbeiten im Haus zu erledigen, und im Nu war auch dieser Tag schon wieder vergangen. Nicht ein einziges Mal hatte das Telefon geläutet. Abends wollte sie ein wenig fernsehen und zeitig ins Bett gehen, um noch ein paar Seiten zu lesen. Für den nächsten Tag war schon wieder Regen angesagt, also stellte sie keinen Wecker, sie hatte ja nichts zu versäumen.

Ja, die letzten Tage waren schnell vergangen. Eine Woche war es nun schon her, seit Erika auf ihrer Rückreise vom Besuch ihrer Freundin Gitti in Spanien im Flieger Herrn Schneider kennengelernt hatte. Sie glaubte sicher zu sein, daß die häufigen Anrufe – das heißt, das Läuten ihres Telefons, sie war ja nicht rangegangen – Gesprächsversuche von Herrn Schneider waren, wozu hätte er sonst gefragt, ob er sie anrufen dürfe. Und daß er es dann aufgegeben hatte, fand Erika verständlich. „Geschieht mir eigentlich recht. Warum bin ich niemals, wenn das Telefon läutete, rangegangen?! Sicher war es Herr Schneider. Vielleicht wollte er sich mit mir treffen. Aber warum sollte er sich so um mich bemühen, es gibt doch viele alleinstehende Frauen, darunter viel jüngere. Und er ist ein attraktiver Mann. Ich brauche jetzt nicht enttäuscht sein, ich habe es ja so gewollt." So hatte Erika wieder hörbar vor sich hingemurmelt. Erika war sehr traurig.

Erika hatte wieder in ihrem Buch von Rosamunde Pilcher gelesen. Dann legte sie das Buch zur Seite und saß eine ganze Weile gedankenversunken auf ihrer Couch. „Ob ich es einfach mal wage, Herrn Schneider ganz unverbindlich anzurufen? Nein! Soweit darf es mit mir nun doch nicht kommen." Erika hatte aber ein ganz großes Bedürfnis, mit diesem netten Herrn ein wenig zu plaudern. Gerade wollte sie sich dann wieder ihrem Buch widmen, um sich von ihren Gedanken abzulenken, da läutete ihr Telefon. Es war kurz nach neunzehn Uhr. Diesmal war Erika nicht zickig. Sie eilte zum Telefon und wünschte sich, daß es Herr Schneider sein möge. Sie strahlte, er war am Telefon. Er fragte, ob sie nochmals verreist war zum Wochenende. Erika verneinte es. Herr Schneider gestand ihr, daß er am Samstag vormittags, nachmittags und auch abends mehrmals angerufen habe, immer vergebens. Erika erzählte Herrn Schneider, daß sie bei ihrer Freundin Lotti eingeladen war. Herr Schneider konnte sich aber nicht so recht vorstellen, daß Erika den ganzen Tag und Abend bei der Nachbarin war. – Sie wechselten das Thema. Erika fragte nur noch, was es so Dringendes gab, weshalb er so oft an diesem Tag angerufen hatte. Herr Schneider gestand Erika, daß er sie gerne einladen wollte, er möchte sie unbedingt wiedersehen, deshalb rufe er eben jetzt auch nochmals an. Erika sagte seiner Bitte um ein Treffen zu. Noch an diesem Abend wollte er es gerne, aber das ging ihr dann doch zu schnell. Dann sollte sie Ort und Zeit vorschlagen, er meinte nur, daß er gerne am Samstag mit ihr in ein Lokal zum Mittagessen gehen würde oder – wenn es Erika zeitlich nicht paßte, dann bitte am Sonntag. Erika sagte für Samstag zu. Sie war so aufgeregt vor Freude, daß sie einfach eine Notlüge herausbrachte, sie müsse das Gespräch jetzt beenden, es sei dringend. Herr Schneider fragte dann sicherheitshalber nochmals, ob er sie denn morgen, am Samstag, um elf Uhr abholen dürfte. Erika sagte fest zu. Dann wünschten sie sich gegenseitig eine gute Nacht und beendeten ihr Gespräch. Erika hat sich so sehr gefreut, daß sie gleich noch ein duftendes Bad genießen wollte, was sie auch tat. Freudig ging sie danach ins Bett.

Am nächsten Morgen war Erika sehr aufgeregt, sie freute sich so sehr auf das Treffen. Sie machte sich die Haare schön, zog das elegante blaue Kostüm mit den passenden Pumps an, das Geschenk von Gitti. Ihre Lieblingsbluse paßte hervorragend dazu. Eine halbe Stunde vor der verabredeten Zeit war Erika fertig, startklar für das Treffen, und sie freute sich so sehr darauf. Pünktlich um elf Uhr klingelte Herr Schneider, Erika öffnete. Da stand nun dieser schöne Mann mit einem wunderschönen, aber nicht übertriebenen Blumenstrauß. Erika bat ihn kurz herein. Herr Schneider begrüßte Erika, überreichte ihr den Blumenstrauß, und er konnte nicht anders, als ihr ein Kompliment zu machen, wie fantastisch sie doch aussieht. Erika wurde etwas verlegen, sie bot Herrn Schneider Platz an, entschuldigte sich für einen Moment, um eine Vase und Wasser für die Blumen zu holen. So konnte sie ihre Verlegenheit überwinden. Erika stellte aber so ganz für sich fest, daß so ein Kompliment doch sehr wohltuend ist, und daß sie sehr schick aussah, hatte sie ja auch schon vorhin selbst vor dem Spiegel sehen können.

Herr Schneider geleitete Erika sehr galant zu seinem tollen Mercedes, öffnete die Tür und bat sie einzusteigen. Als er dann auch Platz genommen hatte, schlug er Erika ein Lokal vor, in das er sie jetzt entführen wollte, und er fragte nach ihrem Einverständnis. Und wie einverstanden Erika war! Doch so deutlich zeigte sie es dann doch nicht. Vor vielen Jahren hatte sie mit ihrem Mann einmal dort ihren Geburtstag gefeiert, danach wollte Erika dort aber nicht mehr hin, es war ein feines, aber sehr teures Lokal. Sie meinte damals – für das Geld könnte man dreimal ausgehen anderswo hin, was ja auch stimmte. Heute aber wollte sie schon dorthin, dieser Tag sollte ein ganz besonderer sein, und das war er dann ja auch.

Die beiden hatten genießerisch getafelt und sich dann noch bei einem Gläschen Wein – und dann noch eins – nett unterhalten. Das Lokal lag in einer sehr schönen Gegend, weshalb Herr Schneider Erika vorschlug, noch einen kleinen Spaziergang zu machen, Erika sagte zu, und so bummelten sie noch einige Minuten die Straße entlang. Es war aber doch schon recht kühl. Erika hatte zwar einen leichten Mantel über ihr Kostüm angezogen, aber wirklich keine Wanderschuhe an, und so ermahnte sie Herrn Schneider dann doch bald vorsichtig zum Abbruch ihres ersten Spazierganges. Wie gerne hätte sie noch stundenlang so mit ihm durch die Gegend gebummelt, aber für das erste Treffen sollte es genug sein. Außerdem wollte sie heute auch noch Kuchen backen, denn für morgen, am Sonntag, hatte Erika ihre Freundin Lotti doch zum Mittagessen eingeladen, und sie wollte, genau wie Lotti, dann auch noch Kaffee und Kuchen mit ihrer Freundin genießen. Herr Schneider, der Erikas Gedanken nicht kannte, bemühte sich noch, sie in ein Café einzuladen, doch Erika lehnte ab und sagte ihm auch den Grund. Sie lud Herrn Schneider für morgen zu Kaffee und Kuchen zu sich und Lotti ein, wenn ihm das recht war, daß er ihre Freundin, die Nachbarin, dabei kennenlernt. Freudig strahlend sagte Herr Schneider zu. Dann fuhr er Erika nach Hause, bedankte sich für die schönen Stunden, sagte ihr, daß er sich sehr auf morgen freute und verabschiedete sich dann höflich.

So glücklich war Erika schon lange nicht mehr. Sie machte sich einen Kaffee, holte eine Pralinenschachtel aus dem Schrank und genoß damit noch ein halbes Stündchen auf ihrer Couch. Ihre Gedanken waren natürlich bei den eben erlebten schönen Stunden. Dann rief Erika noch schnell bei Lotti an, um sie darüber zu informieren, daß sie beide morgen nachmittag noch einen Gast haben würden. „Laß' mich raten, Erika, es ist Herr Schneider, stimmt's?" Erika bestätigte das und sagte, daß sie sich jetzt gleich ans Backen heranmachen will, was sie dann auch tat. Doch schon wenige Minuten nach ihrem kurzen Anruf klingelte es bei Erika an der Tür. Etwas erschrocken war sie schon. „Herr Schneider wird doch nicht etwa ..., das allerdings fände ich ungezogen." Sie öffnete die Tür, und da stand ihre Freundin Lotti: „Ich möchte der frisch Verliebten gerne ein wenig beim Backen helfen, damit sie nicht so spät ins Bett kommt und morgen schön ausgeschlafen alles noch vorbereiten kann." Erika umarmte die Freundin und sagte einfach nur:

„Danke!“ Das war doch eine schöne Überraschung für Erika. Sie erzählte Lotti auch gleich, daß sie Herrn Schneider noch nicht zum Mittagessen eingeladen hatte, sondern zu Kaffee und Kuchen. „Ich will die schöne Zeit mit ihm in kleine Portionen einteilen und genießen, nicht gleich so gierig alles möglichst auf einmal. Nein, so nicht.“ Die beiden Freundinnen lachten fröhlich. Dann machten sie sich auch gleich an die Arbeit.

Kuchen fertig vorbereitet, einer ist gleich schon gebacken, er kann raus, der nächste rein. „Jetzt haben wir eine kleine Pause verdient“, sage Erika. „Darf ich dir noch ein Gläschen Wein anbieten, Lotti?“ Lotti nickte. Sie stießen auf Erikas schöne Stunden an, plauderten noch ein wenig, kümmerten sich dabei allerdings auch um ihr Backwerk. Alles war bestens gelungen. Lotti verabschiedete sich mit vielen Dankesworten.

Die Vorfreude auf morgen war bei Erika sehr groß. Auch Lotti hatte ihr mehrmals gesagt, daß sie sich sehr darauf freut, besonders auch darauf, daß sie Herrn Schneider schon kennenlernen darf. Abendbrot essen mochte Erika nicht. Sie hatten mittags so reichlich und fürstlich gespeist, dann hatte sie auch noch zu ihrem Kaffee einige Pralinen genascht. Inzwischen war es auch schon Schlafenszeit. Erika ging ins Bad und dann ins Bett. Ihr Rosamunde-Pilcher-Buch nahm sie mit ins Bett, um noch ein paar Seiten darin zu lesen. Doch schon nach wenigen Seiten legte sie das Buch weg und schlief auch sehr bald zufrieden und voller Freude auf den morgigen Tag ein.

Obwohl Erika einen Wecker gestellt hatte, war sie am Samstag schon eine ganze Stunde, bevor er klingeln sollte, wach, trotzdem fühlte sie sich gut ausgeschlafen.

Nach dem Frühstück hatte Erika noch ein wenig an ihrem Backwerk zu vollenden, was sie auch gleich glücklich summend, teilweise singend erledigte. Es war alles bestens gelungen. Warum auch nicht?! War alles doch schließlich mit Liebe gemacht. Erika freute sich, wie ein Kind sich auf Weihnachten.

Den Tisch hatte Erika für die Freundin und für sich festlich gedeckt. Das Mittagessen war fertig, etwas früher, als vorgesehen, so daß Erika nun wiederum bangen mußte, ob sie alles noch lange warmhalten konnte. Doch schon klingelte es an der Tür, Lotti war sehr pünktlich, und so speisten die beiden Freundinnen gleich ohne viel Vorrede. Ein Gläschen Wein durfte natürlich auch nicht fehlen, beide wollten es so.

Lotti konnte nicht anders, sie mußte immer wieder sagen, wie sehr sie sich für Erika freut, weil das Schicksal es jetzt so gut mit ihr meint. Erika bestätigte ihrer Freundin: „Ja, ich bin glücklich. Und ich freue mich auf die vor mir liegende schöne Zeit." Erika hatte nun keinen Zweifel mehr daran. Die Freundinnen plauderten noch ein wenig, räumten den Tisch ab, spülten das Geschirr, räumten es weg und deckten dann auch schon den Kaffeetisch, sehr festlich natürlich. Beide freuten sich sehr auf den Nachmittag und ganz besonders auf den Gast.

Bald war es dann auch schon soweit, daß Herr Schneider eintreffen sollte, und da fuhr auch schon sein Auto vor. In gebührendem Abstand standen die beiden Frauen hinter der Gardine und bewunderten diesen schönen Mann, der gerade ausgestiegen war und sich mit Blumen und einer Plastiktüte zur Haustür begab. Und schon klingelte er. Erika öffnete, hieß ihn herzlich willkommen und bat ihn herein. Wieder bekam sie einen schönen Blumenstrauß und noch einen hielt er bereit. „Wo ist denn nun die Freundin? Ist sie nicht gekommen, weil auch ich eingeladen bin?" so fragte Herr Schneider scherzhaft, ohne eine Antwort zu erwarten. Da kam Lotti ihm auch schon entgegen. Auch sie wurde höflich begrüßt und bekam Blumen. Erika machte die beiden miteinander bekannt. Dann holte Herr Schneider eine Flasche Sekt aus der Plastiktüte und bat Erika, sie kalt zu stellen, was sie auch sofort tat. Außerdem holte er auch noch eine Schachtel delikater Pralinen aus dieser Plastiktüte und übergab sie Erika. Freundlich forderte Erika ihre Gäste auf, Platz zu nehmen, während sie noch die beiden Blumensträuße ins Wasser stellte. Dann holte Erika auch schon den Kaffee und schenkte ein. Das Schlemmen konnte beginnen. Eine leckere Torte und drei verschiedene Kuchen standen schon geschnitten auf dem Tisch. Etwas verlegen waren sie jetzt wohl alle drei, doch jeder bemühte sich, es die anderen nicht merken zu lassen. Erika legte jedem ein Stück Torte auf den Teller und bat ihre Gäste, es sich schmecken zu lassen. Es schmeckte allen dreien hervorragend, das konnte man sehen, sie langten tüchtig zu. Etwas schelmisch fragte Herr Schneider, ob noch mehr Gäste kommen werden. Er deutete dabei auf den überfüllten Kaffeetisch hin. Erika antwortete in gleicher Art: „Ich möchte meine lieben Gäste heute recht lange bei mir haben, deshalb steht soviel auf dem Tisch. Alles muß aufgegessen werden.“ Alle drei lachten, und sie wußten, daß das ein Scherz war, aber die beiden Gäste hatten verstanden, wie sehr sie willkommen waren. Irgendwann paßte dann kein Krümel mehr in einen dieser drei fröhlichen Leute hinein. So räumten Erika und Lotti dann bald ab. Herr Schneider fragte, ob der Sekt schon schön kalt sei. Ja, das war er. Erika brachte die Flasche, Lotti hatte schon die Gläser aus dem Schrank geholt. Herr Schneider hatte nun die Aufgabe, die Flasche zu öffnen und dann auch gleich einzuschenken. Sie stießen auf diesen schönen Sonntag an, auf ihr Kennenlernen und auch auf eine möglichst nie enden wollende Freundschaft. Herr Schneider beobachtete Erika dabei, denn er wünschte sich viel mehr als eine Freundschaft mit Erika. Und Erika ahnte seine Gedanken und lächelte ihn hoffnungsmachend an. Lustig plauderten die drei noch eine Weile miteinander. Dann sagte Herr Schneider: „Erika, sagen Sie doch bitte nicht immer Herr Schneider zu mir, ich heiße Siegfried.“ Erika nickte freundlich. Lotti sagte dann ganz mutig: „Und Sie, Herr Schneider, sagen Sie doch bitte nicht immer Frau Lehmann zu mir, ich bin die ‚Lotti‘.“ Darauf stießen sie nochmals miteinander an und lächelten sich gegenseitig zu. Aber beim ‚Sie‘ hatten es alle drei anstandshalber noch belassen, keiner wollte aufdringlich wirken. Niemand wollte Schatten über diese beginnende schöne Freundschaft bringen.

Draußen war es inzwischen schon dunkel geworden. Erika wollte in die Küche, um etwas zum Abendbrot aufzutragen, doch niemand wollte essen, sie waren alle drei satt von dem herrlichen Kuchen. Siegfried schenkte nochmals ein, dann war die Flasche leer. Lotti sah auf die Uhr: „Meine arme kleine Trixi wartet, ich muß mit ihr Gassi gehen, die Zeit ist schon sehr weit fortgeschritten.“ Sie tranken ihre Gläser leer, und Lotti verabschiedete sich, um Trixi auszuführen.

Siegfried wollte nach diesem wunderschönen Nachmittag keinesfalls aufdringlich oder unhöflich wirken. So verabschiedete er sich auch und fuhr nach Hause, jedoch nicht, ohne vorher zu fragen, ob er Erika anrufen dürfe. Selbstverständlich durfte er. Erika stand noch an der Tür und schaute ihm nach. Siegfried hatte Erika beim Einsteigen zugewinkt, was sie erwiderte. Dann ging sie glücklich und beschwingt zurück in die Wohnstube. Sie räumte die Flasche und die Gläser ab, spülte und polierte die Gläser, so daß sie gleich wieder in den Schrank an ihren Platz konnten. „Das war ein traumhaft schöner Sonntag. Hätten Lotti, Gitti und Sandra nicht so eindringlich auf mich eingeredet, hätte ich mit meiner Zickigkeit alles kaputtgemacht. Es hätte diesen schönen Sonntag nicht gegeben." Diese Worte richtete Erika ziemlich deutlich an sich selbst. Sie setzte sich auf die Couch, durchlebte in Gedanken nochmals diesen schönen Sonntag. Und sie war sehr glücklich. Sie holte sich Schreibzeug hervor und schrieb ihrer Freundin Gitti in Spanien einen langen Brief. Sie enthielt ihr von ihren Erlebnissen, Empfindungen und Hoffnungen nichts vor, sie schrieb alles, es wurde ein sehr langer Brief.

Als Erika am nächsten Tag nach dem Frühstück ihren Brief sofort zum Briefkasten brachte, klingelte sie auch noch gleich bei Lotti, um sie für den Nachmittag nochmals zu sich einzuladen. „Lotti, du mußt mir helfen den Rest der Torte und den vielen Kuchen aufzuessen. Morgen mußt du dann sicher nochmals kommen, wir werden es heute wohl nicht alles schaffen." Lotti sagte zu, mit den Worten: „Nur, wenn du jetzt gleich bei mir zu Mittag bleibst. Es gibt heute nur ein einfaches kalorienarmes Süppchen." Erika war einverstanden, sie blieb sehr gerne. So hatten sie denn bis zum Mittagessen auch noch genügend Zeit, über den gestrigen schönen Sonntag zu plaudern. Als Nachbarinnen hatten sie sich schon immer gut verstanden, aber jetzt, als Freundinnen, ist alles zwischen ihnen noch viel vertrauter geworden. Und das alles hatte so große Bedeutung für Erika, hatte ihr sehr geholfen, ihre schwere Zeit zu überwinden und endlich wieder zu leben, sich zu erlauben, wieder glücklich zu sein.

Nachmittags bei Kaffee und Kuchen plauderte es sich auch wieder ganz nett. All die schönen Erinnerungen, über die Vorfreude von Gestern und über die schönen Stunden selbst, wurden nochmals aufgefrischt. Beide hatten es ganz toll gefunden, daß Siegfried die Initiative ergriffen hatte, daß sie sich nun schon mit dem Vornamen anredeten, wenn auch noch per ‚Sie'. Und sie stellten fest, daß dieser Mann nicht nur gut aussieht, sehr höflich und taktvoll ist, sondern auch sehr humorvoll, und unter Freundinnen wagten sie es auszusprechen – sehr begehrenswert ist er auf jeden Fall.

So ist auch dieser Nachmittag bei einem Fläschchen Wein nach Kaffee und Kuchen sehr schnell, viel zu schnell, wieder vergangen.

Als Lotti dann mit Trixi Gassi ging, war Erika wieder fröhlich gelaunt mit dabei. Sie bummelten ziemlich lange durch die Gegend, was das Hündchen Trixi ganz bestimmt toll fand. Wieder war es für Erika ein schöner Tag, den sie dann noch mit Lesen einiger Seiten in ihrem Rosamunde-Pilcher-Buch beendete. Glücklich und zufrieden kuschelte sie sich dann in ihrem Bett ein und fiel auch gleich in einen tiefen Schlaf.

Der nächste Tag verlief genauso, nur aßen sie diesmal bei Erika ein kleines kalorienarmes Mittagessen. Zum Kaffee wurde dann nochmals so richtig hingelangt, der Kuchen schmeckte immer noch sehr gut. Es gab wieder ein nettes Plauderstündchen. Und wieder war Erika beim Gassi-Gehen mit Trixi dabei. Als Erika sich dann von Lotti verabschiedete und sie für den nächsten Tag nochmals zu Kaffee und Kuchen einlud, sagte Lotti: „Den Rest von deinem Kuchen mußt du alleine schaffen, liebe Erika. Ich bin für morgen bei einer Bekannten zum Geburtstag eingeladen."

Kaum war Erika wieder zu Hause, da läutete das Telefon. Es war Siegfried. Er lud Erika für Samstag wieder zum Mittagessen in ein schönes Lokal ein, und Erika sagte zu. Siegfried bedankte sich und bat Erika noch darum, ein Paar bequeme Schuhe bereitzustellen, die sie dann mit ins Auto nehmen könnten, um, falls einigermaßen gutes Wetter sein würde, nach dem Mittagessen ein Stündchen spazieren zu gehen. Erika sagte zu: „Einverstanden, ich freue mich schon sehr darauf." Siegfried sagte ihr auch gleich noch, daß er am Sonntag Besuch bekommt, ein langjähriger Freund mit seiner Frau. Sie wollten nach längerer Zeit wieder mal einen Tag gemeinsam verbringen. „Ich würde mich freuen, liebe Erika, wenn Sie dabei sein könnten, wenn ich Sie meinen Freunden vorstellen könnte. Sind Sie einverstanden?" Doch auf diese Einladung bekam Siegfried von Erika keine Zusage. Dieser Sonntag sei bei ihr schon seit längerer Zeit verplant, log Erika. Mit Siegfrieds Freunden wollte Erika jetzt noch nicht einen Tag lang zusammensein, dafür kannte sie ihn noch nicht lange genug. Mit solchen Gedanken verzieh sich Erika ihre kleine Notlüge. Siegfried sagte nur: „Schade. Na, vielleicht ein anderes Mal. Freuen wir uns vorerst auf unsere gemeinsamen Stunden am kommenden Samstag." – „Ja, ich freue mich auch sehr darauf", sagte Erika. Sie beendeten ihr Gespräch dann auch. Keiner von beiden wollte aufdringlich sein.

Die restlichen Tage der Woche vergingen schnell. Die Vorfreude auf Samstag war bei Erika allgegenwärtig.

Wieder hatte Siegfried Erika Blumen mitgebracht, als er sie zum Essen abholte. Der Strauß vom letzten Sonntag und auch der vom Samstag, beide waren sie noch sehr schön. Nun kam der dritte hinzu. Die drei Blumensträuße waren prächtig anzusehen, und sie dufteten so herrlich.

Wieder waren es schöne Stunden, die die beiden verliebten Menschen miteinander verleben konnten. Siegfried teilte Erika auch schon mit, daß er am nächsten Wochenende an einer medizinischen Konferenz teilnimmt, daß sie sich nun erst in zwei Wochen wiedersehen können. So fragte er sie auch gleich, ob sie das Wochenende für ihn freihalten könnte. Erika versprach es.

Als Siegfried Erika dann nach Hause gebracht hatte, raubte er ihr ein schnelles Abschiedsküßchen, das erste überhaupt, aber auf den Mund. Erika ließ es geschehen, nahm es ihm keinesfalls übel, etwas verlegen freute sie sich sogar darüber.

Obwohl Siegfried Erika vor seiner Abreise zur Konferenz noch kurz angerufen hatte und auch als er wieder zurück war sofort, waren ihr die zwei Wochen ohne ein Treffen mit ihm schon sehr lang vorgekommen. Inzwischen wußte sie ja nun auch ganz genau, daß sie sehr verliebt in Siegfried war und schon von einem Zusammenleben mit ihm träumte. Erika fand es so wundervoll, daß Siegfried sie in keiner Weise bedrängte, daß er sich immer sehr taktvoll verhielt.

Beim letzten Telefongespräch, als Siegfried von der Konferenz zurück war, hatte er Erika gefragt, ob sie gerne tanzt. Ohne eine Antwort abzuwarten, denn er hatte Angst, vielleicht einen Korb zu bekommen, gestand er ihr, daß er sie am Samstag gerne zu einem Tanzabend abholen möchte. Aufgeregt erwartete er die Antwort, er hoffte und wünschte so sehr, daß es keine Absage geben möge. Erika war einverstanden. Sie meinte nur: „Hoffentlich habe ich das Tanzen inzwischen nicht verlernt." Darin sah Siegfried kein Problem. Auch er war schon sehr lange nicht mehr zum Tanzen. „Dann lernen wir es eben alle beide wieder", freute sich Siegfried.

Bei all ihrer Vorfreude auf den Tanzabend mit Siegfried kam bei Erika dann doch so etwas wie ein schlechtes Gewissen auf. Sie war in letzter Zeit auch nicht mehr täglich zum Friedhof an Martins Grab gegangen. Erika nahm sich ein eingerahmtes Bildchen mit ihrem Martin vor und fragte: „Martin, mein Lieber, nimmst du es mir übel, daß ich nun wieder glücklich bin? Die Zeit nach deinem Tod war anfangs unerträglich schwer für mich. Ich hatte jeden Tag sehr viel geweint. Ganz fest hatte ich mir vorgenommen, dir immer treu zu bleiben. Es sollte keinen neuen Mann in meinem Leben geben. Und nun habe ich mich doch verliebt. Sandra, unsere liebe Tochter, und meine Freundinnen Gitti und Lotti haben so auf mich eingeredet, daß ich endlich aufhören soll, immer nur zu weinen, daß ich wieder leben soll. Alle drei haben mir immer wieder versichert, daß du es bestimmt nicht gewollt hättest, daß ich vor Trauer jämmerlich zugrunde gehe. Ich habe mich gegen meine Gefühle für Siegfried anfangs gewehrt, doch ist es nicht dabei geblieben. Bisher gibt es allerdings nur eine harmlose anständige Freundschaft zwischen uns, aber meine Gefühle sagen mir, daß es nicht mehr lange so bleiben wird. Muß ich jetzt ein schlechtes Gewissen haben? Bin ich dir nun untreu geworden? Wenn du mir doch antworten könntest, mein lieber Martin." So sprach Erika mit dem Bild ihres verstorbenen Mannes, mit ihrem lieben Martin.

Irgendwie beruhigt freute Erika sich nach diesem Zwiegespräch mit Martin weiterhin auf den Tanzabend mit Siegfried am kommenden Samstag. Ihr war so, als hätte Martin ihr sein Einverständnis dafür gegeben. Es kam kein schlechtes Gewissen bei Erika auf.

Inzwischen war es Samstag. Erika hatte sich schön gemacht, und sie freute sich so sehr. Siegfried kam pünktlich, um Erika abzuholen, diesmal nicht mit seinem Auto, sondern mit einem Taxi. Und wieder hatte er Blümchen mitgebracht, und jedes Mal waren es andere. Erika stellte sie schnell in die Vase mit frischem Wasser zu den anderen. Siegfried hielt ihr den Mantel, geleitete Erika dann unverzüglich zum wartenden Taxi.

Es war ein kleines, gemütliches Lokal, in das Siegfried Erika entführt hatte. Sie waren zeitig dort, hatten einen guten Platz, von dem aus sie die Tanzfläche und die Musikkapelle sehr gut sehen konnten. Zunächst wurde noch angenehme leise Unterhaltungsmusik gespielt. Siegfried sagte: „Ich habe großen Hunger, Sie auch, Erika?" Erika verneinte. Siegfried überredete sie aber, wenigstens eine Kleinigkeit zu essen, weil sie doch sicher auch etwas trinken würden. „Der Appetit kommt beim Essen, liebe Erika." Sie suchten sich einige Köstlichkeiten aus der Speisekarte. Es wurde bald serviert, und es schmeckte beiden vorzüglich.

Sie waren mit dem Essen fertig, hatten einen lieblichen Wein bestellt und auch schon ein Gläschen geleert. Das zweite stand eingegossen bereit. Das war gut so, denn jetzt fing die Musik zum Tanzen an, und beide brauchten sie doch ein wenig Mut. Sie nahmen noch ein Schlückchen, dann forderte Siegfried sehr galant Erika zum allerersten Tänzchen miteinander auf. Zuerst hatte es einen ziemlich flotten Tanz gegeben, sicher zum Aufwärmen und Mutmachen der Gäste. Mit diesem ersten Tanz waren die beiden ganz gut zurechtgekommen. Das wurde auch gleich mit einem Schlückchen Wein gefeiert. Dann folgte ein langsamer Walzer, der ja nun etwas enger getanzt wurde. Erika rieselte eine Hitzewelle nach der anderen über den Rücken, als Siegfried sie beim Tanzen zärtlich an sich drückte. Selbst darüber erschrocken sah er sie an, ob er jetzt wohl schon etwas zu weit gegangen war. Doch Erika lächelte ihn glücklich an. Dafür bekam sie unverzüglich ein zärtliches Küßchen. Und wieder drückte Siegfried sie ganz sanft an sich. Erika ließ es geschehen, denn sie wollte das auch. Dann flüsterte Siegfried Erika ins Ohr: „Wollen wir das störende ‚Sie' nicht einfach weglassen?" Erika lächelte Siegfried an und nickte zustimmend. Dafür gab es wieder ein zärtliches Küßchen. Beide waren sie sehr glücklich.

Dieser Abend war für die beiden verliebten Menschen traumhaft schön. Sie waren bis zum Schluß geblieben und hatten nur ganz selten einen Tanz ausgelassen. Es blieb auch nicht bei einer Flasche Wein. Beide hatten sie einen Schwips, aber den brauchten sie auch, denn es war ja alles noch so aufregend zwischen ihnen. Gut, daß Siegfried vorausschauend sein Auto zu Hause gelassen und Erika mit einem Taxi abgeholt hatte. Für den Heimweg nahmen sie wiederum ein Taxi. Wie gerne hätte Siegfried Erika gefragt, ob er noch mit hinein kommen dürfte, doch er wollte diese ihre zarte, traumhaft schöne Liebe doch nicht schon zu Anfang zerstören. Deshalb verabschiedete er sich artig mit einer schnellen zärtlichen Umarmung und einem kleinen Küßchen. Er mußte sich schon große Mühe geben, so artig zu bleiben, doch es war gelungen, weil es gelingen mußte. Mit den Worten: „Ich rufe morgen an", beeilte er sich dann, zum Taxi zu kommen.

Erika beeilte sich, ins Bett zu kommen. Sie wollte diesen heute erlebten schönen Traum im Bett in Gedanken weiterträumen, doch sie war ganz schnell eingeschlafen.

Als Erika am nächsten Morgen erwachte, freute sie sich gleich noch einmal über den gestrigen schönen Abend voller sanfter Zärtlichkeiten. Und sie freute sich auf die schöne Zeit, die vor ihnen lag. Noch im Bademantel war sie in die Küche gegangen, um sich ihren Frühstückskaffee zu bereiten, da klingelte das Telefon. „Erika, mein Schatz, hast du gut geschlafen?“ Sie antwortete zunächst kurz: „Ja, bis vor wenigen Minuten.“ – „Also hast du noch nicht gefrühstückt?“ fragte Siegfried. „Ich mochte kein Frühstück, wir haben doch in der Nacht so reichlich und lecker gegessen, jetzt habe ich mir nur einen Kaffee gemacht“ antwortete Erika. Siegfried machte einen Vorschlag: „Was hältst du davon, wenn ich dich in einer halben Stunde abhole und wir statt Frühstück gleich Mittag essen, es ist ja ohnehin schon gleich elf Uhr?“ Erika war einverstanden und beeilte sich auch gleich, damit sie fertig ist, wenn Siegfried klingelt. Pünktlich nach der verabredeten halben Stunde war er auch schon bei Erika. Diesmal brachte er eine Schachtel Pralinen statt Blumen mit. Die Begrüßung fiel auch anders aus als bisher immer. Siegfried nahm Erika in seine Arme und begrüßte sie mit einem Küßchen. Erika wurde verlegen, was Siegfried auch gleich bemerkte, und er half ihr geschickt mit einem ablenkenden kleinen Gespräch darüber hinweg. Erika war soweit fertig, brauchte nur noch Mantel und Schuhe anzuziehen, was sie auch gleich tat. Sie wollte jetzt nicht mehr mit Siegfried in der Wohnung bleiben. Mit einem kleinen Schwips war das leichter. Sie machten sich auch gleich auf den Weg.

Wieder hatte Siegfried Erika in ein schönes gepflegtes Lokal entführt. Wieder hatten sie köstlich gespeist, eine Flasche Wein getrunken, und diesmal schlug Erika vor, einen kleinen Bummel zu machen. Ihr fiel auch gleich ein, daß sich ihre Wanderschuhe noch in Siegfrieds Auto befanden. Obwohl es inzwischen schon Anfang Dezember war, gab es noch recht angenehmes Wetter für einen kleinen Spaziergang. Bevor Siegfried Erika nach Hause brachte, waren sie noch schnell in ein kleines Café eingekehrt. Zuhause angekommen, verabschiedete sich Erika eilig an der Haustür. Sie wollte nichts überstürzen, deshalb hatte sie Siegfried nicht mit hereingebeten. Erika hatte aber das Gefühl, daß Siegfried wohl damit gerechnet hatte, noch eingeladen zu werden, deshalb beeilte sie sich zu sagen: „Rufst du wieder an?“ – „Selbstverständlich rufe ich wieder an“, sagte Siegfried und verabschiedete sich artig. Er hatte sehr wohl verstanden, daß er Erika noch Zeit lassen mußte.

Siegfried rief jetzt schon jeden zweiten Abend bei Erika an, die Sehnsucht war groß, so konnte er wenigstens öfters ihre Stimme hören. Auch Erika hatte es schon einmal gewagt, abends bei Siegfried anzurufen. Darüber hatte er sich sehr gefreut. Bei ihrem letzten Telefongespräch in dieser Woche hatten sie sich für Samstag wieder zu einem Tanzabend verabredet. Beide freuten sich darauf.

Freitag Nachmittag rief Lotti bei Erika an, ob sie mal kurz zu ihr kommen könnte, sie fühlte sich nicht wohl. Sie war mit Trixi unterwegs, hatte aber nach nur wenigen Minuten eine Kehrwendung nach Hause gemacht und sich sofort ins Bett gelegt. Erika beeilte sich, denn sie erschrak doch sehr, weil Lotti ansonsten immer gesund war.

Erika fand ihre Freundin heute aber sichtlich erkrankt im Bett vor. Sie faßte Lotti an die Stirn und sagte erschrocken: „Du hast Fieber, Lotti, sogar sehr hohes. Sie holte ein Thermometer, um ganz konkret die Temperatur festzustellen. Das Thermometer zeigte knapp 40 Grad. Erika rief sofort Lottis Hausarzt an. Dieser traf schon nach wenigen Minuten ein. Er stellte eine Lungenentzündung fest, wollte Lotti sofort in ein Krankenhaus einweisen, doch sie weigerte sich. Sie meinte, daß ihre Freundin gelegentlich nach ihr schauen wird. Das genügte dem Arzt nicht bei diesem hohen Fieber seiner Patientin. Lottis Zustand war ernst, und sie war schon kurz vor ihrem 80. Geburtstag. Lotti sah bittend zu Erika, und diese verstand. Erika sagte dem Arzt fest zu, daß sie bei Lotti bliebe, sie würde bei ihr schlafen, sich gewissenhaft um sie kümmern und ihn bei Verschlechterung ihres Zustandes sofort anrufen. Der Arzt hatte Lotti mit den notwendigen Medikamenten versorgt und gab Erika noch einige wichtige Hinweise. Der Arzt wußte seine Patientin in guten Händen und beeilte sich, er mußte noch zur nächsten schwer kranken Patientin. Erika sagte zu Lotti: „Ich hole mir nur ganz schnell ein paar Sachen, in wenigen Minuten bin ich wieder bei dir. Trixi nehme ich gleich mit, sie freut sich bestimmt, wenn sie schnell noch ein paar Meter laufen darf.“ Lotti bedankte sich und sagte, daß Erika einen Schlüssel mitnehmen sollte, was sie auch gerne tat, damit Lotti nicht aus dem Bett mußte in ihrem Zustand, um ihr die Tür zu öffnen. Trixi hüpfte freudig neben Erika her.

Zuhause angekommen sperrte sie Trixi ins Bad, gab ihr ein Schüsselchen mit Wasser und schloß die Tür. So konnte sie schnell die wichtigsten Sachen für sich zusammenpacken, ohne daß Trixi immer dazwischen hüpfte. Erika rief noch schnell bei Siegfried an, er meldete sich aber nicht. Sie holte Trixi aus dem Bad und wollte mit ihr los, da klingelte das Telefon. Siegfried war es, er war gerade aus der Praxis gekommen, hatte es noch klingeln gehört und sich beeilt, doch es war nur noch das Rufzeichen zu hören. Erika teilte ihm kurz mit, daß sie sich jetzt um die kranke Freundin kümmern muß, der geplante Tanzabend mußte leider ausfallen. Siegfried sah es ein und meinte: „Den holen wir nach, sobald deine Freundin wieder richtig gesund sein wird. Erika versprach ihm, daß sie sich bald wieder telefonisch bei ihm melden würde. Dann nahm sie ihre Tasche, Trixi wartete schon an der Haustür, und sie zogen eilig los.

Bei Lotti angekommen schloß Erika ganz leise die Tür auf und brachte Trixi umgehend in die Küche, wo diese ihr Schlafkörbchen hatte. Trixi kuschelte sich auch gleich hinein und war zufrieden. Erika schlich zu Lotti ins Schlafzimmer. Lotti schlief. Erika freute sich darüber. Später müßte Erika Lotti ohnehin wecken, wegen der Medikamente, also ließ sie sie jetzt schlafen und schlich hinaus. Sie gab Trixi ihr Abendbrot und frisches Wasser und setzte sich auf einen Stuhl, wie es Lotti auch immer tat, wenn Trixi ihr Abendbrot bekommen hatte. Das verwöhnte Hündchen wollte beim Futtern nicht alleine sein. Satt und zufrieden kuschelte sich Trixi wieder in das Körbchen. Erika brühte schon frischen Tee auf, trank selbst eine Tasse und füllte den Tee in eine Thermoskanne. Dann schlich sie an die ein klein wenig geöffnete Schlafstubentür und sah, daß Lotti gerade erwacht war. Gleich brachte Erika ihr eine große Tasse Tee und fragte nach ihrem Befinden. „Ich fühle mich schon etwas besser", sagte die Kranke. „Nur weil du nicht ins Krankenhaus mußtest oder wirklich, Lotti?" – „Beides" antwortete die Kranke. Die Fieberkontrolle ergab diesmal auch schon ein paar Striche weniger. Erika blieb auf Lottis Bettkante sitzen und versprach ihr, daß sie solange bei ihr bleiben würde, bis sie wieder gesund ist. Eigentlich war Lotti fast immer gesund, es ging bei ihren Hausarztbesuchen meistens nur um Routine, die bei alten Menschen nun mal notwendig ist. Kaum, daß Lotti ihre Medikamente genommen hatte, viel essen wollte sie nicht, nur Tee trinken mit zwei kleinen Keksen, damit die Medikamente nicht in den leeren Magen kommen, da rief auch schon der Hausarzt an und fragte nach ihrem Befinden. Erika sagte ihm, daß es der Kranken schon etwas besser geht, daß sie geschlafen hat und, daß das Fieber schon etwas gesunken ist. Der Arzt war sehr erfreut darüber. Er wies Erika nochmals an, sofort anzurufen, wenn sich Lottis Zustand verschlechtern sollte. Erika versprach es selbstverständlich. Dann ging sie nochmals mit Trixi Gassi, sah nach Lotti und machte sich auch für die Nacht fertig. Lotti hatte noch immer ihr Schlafzimmer komplett mit beiden Betten, jetzt war das gut so, also schlief Erika gleich bei ihr.

Einige Male war Erika in der Nacht aus Sorge um Lotti aufgewacht, doch Lotti hatte wunderbar geschlafen. Jetzt mußte sie wieder Medikamente nehmen, so eilte Erika in die Küche, um frischen Tee aufzubrühen. Trixi stellte ihre Ansprüche, mußte aber warten, bis die Kranke versorgt war. Essen wolle Lotti wieder nichts, nur zwei kleine Kekse wegen der Medikamente. Sie versprach aber, die Apfelsinenstückchen, die Erika liebevoll zerteilt hatte, zu sich zu nehmen und fing auch gleich mit einem Stückchen an. Das Thermometer hatte nur noch knapp 38 Grad angezeigt. Beide freuten sich darüber, und der Arzt, der schon bald anrief, ebenfalls.

Dann erinnerte Trixi Erika auch schon, daß jetzt Gassi-gehen dran ist, was Erika auch schnell erledigte. Frühstücken mochte Erika auch nicht. Sie nahm gleichfalls nur eine Tasse Tee und zwei Kekse zu sich, genau wie die kranke Freundin. Lotti ist dann nach dem zweiten Apfelsinenstückchen nochmals eingeschlafen, etwas Besseres könnte sie in ihrem Zustand auch gar nicht tun. Trixi hatte sich nach ihrem Frühstück auch nochmals in ihr Körbchen gekuschelt.

Erika kochte indessen eine einfache, kalorienarme Gemüsesuppe. Bald schaute sie auch wieder zur kranken Freundin, die schon erwacht war. Sie schnupperte umher und sagte: „Das riecht ja so lecker, daß man Appetit bekommt.“ Erika brachte ihr dann auch gleich etwas von dem Süppchen, und Lotti hat es dankbar zu sich genommen, es schmeckte ihr sehr. Erika freute sich darüber und hat dann auch einen Teller mit Appetit geleert. Dann hat sie nochmals kurz Trixi ausgeführt, um sich danach ungestört wieder der kranken Freundin zu widmen. Lotti ging es sichtbar besser. Die Medikamente hatten gut gewirkt, der reichliche Schlaf und ganz sicher auch Erikas liebevolle Pflege. Nahezu stündlich fühlte sich Lotti besser. Dann sagte sie besorgt: „Erika, du mußt doch jetzt nach

Hause, dich zurechtmachen für euren Tanzabend." – „Nicht bevor du wieder ganz gesund bist" sagte Erika. Lotti meinte, daß Erikas schöner Abend mit Siegfried nicht ausfallen muß, es genügt doch, wenn sie danach kommt und zur Nacht wieder bei ihr bleibt. Doch Erika ließ da nicht mit sich reden. „Deine Gesundheit geht vor, liebe Lotti. Du hast dich so liebevoll um mich gekümmert in meiner schweren Zeit, jetzt bin ich dran." Damit war für Erika dieses Thema abgeschlossen. Gegen Abend kam dann Lottis Hausarzt, um nach ihr zu sehen, und er war sehr zufrieden mit ihrem Zustand. Er bedankte sich bei Erika. „Ist doch selbstverständlich", sagte Erika. Alle drei waren sie sehr erfreut, daß es der Kranken in so kurzer Zeit schon so gut ging.

Drei Tage später saßen Lotti und Erika schon gemeinsam in der Küche am Tisch zum Mittagessen. Und Lotti schmeckte es bereits wieder so richtig gut. Aber danach mußte sie wieder ins Bett, da ließ Erika gar nicht mit sich reden. Lotti ging es täglich besser. Bald bestand sie darauf, daß Erika wieder zu Hause schlafen sollte. Wenn sie morgens und abends mit Trixi Gassi gehen und für Lotti ein wenig einkaufen würde, dann sei das voll und ganz genug. Sie einigten sich dann auch so. Und nach wenigen Tagen war Lotti wieder ganz gesund. Ihr Arzt hatte ihr dann schon die kleinen Spaziergänge mit Trixi erlauben können, da sie versprach, daß sie sich danach immer noch ein Stündchen hinlegt. Erika schaute immer wieder mal nach ihr. Beide freuten sich, daß alles so schnell und gut verlaufen ist. Lotti war glücklich, so eine fürsorgliche Freundin zu haben, und Erika freue sich, daß sie sich bei Lotti für deren Fürsorge in ihrer schweren Zeit revanchieren konnte. Bald war der Schreck mit der plötzlichen Krankheit vergessen.

Erika und Siegfried hatten wiederholt miteinander telefoniert und auch wieder einen gemeinsamen Tanzabend verlebt. Eigentlich hatte Erika sich vorgenommen, am Sonntag, zum 1. Advent, Siegfried für den Nachmittag zu sich einzuladen, aber da war ja nun Lottis Krankheit dazwischen gekommen. Also lud sie ihn zum 2. Adventsonntag für den Nachmittag zu sich ein. Siegfried freute sich riesig. Obwohl Erika diesem Tag gebührend einige Leckereien aufgetischt hatte, fügte auch Siegfried einige tolle Sachen hinzu. Genüßlich schlemmten die beiden bei Kerzenlicht und festlichem Schmuck. Erika hatte auch Lotti eingeladen, aber sie wollte nicht kommen. Die beiden hatten ihretwegen auf ein schönes Wochenende und mehr verzichtet, diesen Sonntag sollten sie nun für sich alleine haben. Und es war ein schöner Sonntag für die beiden verliebten Menschen.

Dann hatte Erika eine Idee: „Wollen wir jetzt noch ein wenig über den Weihnachtsmarkt bummeln?“ Siegfried fragte nur: „Kannst du Gedanken lesen, mein Schatz?“ Erika zog sich bequeme Schuhe an, ihren Mantel, und dann ging es los. Aber zuvor hatte Erika noch schnell bei Lotti angerufen, Lotti sagte: „Es ist alles in Ordnung, mir geht es gut, viel Spaß euch beiden auf dem Weihnachtsmarkt.“

Erika und Siegfried hatten ihren Spaß auf dem Weihnachtsmarkt. Sie waren ein frisch verliebtes Pärchen und alberten herum wie ein ganz junges frisch verliebtes Pärchen. Für Samstag verabredeten sie sich wieder zum Mittagessen in einem der ihnen schon bekannten Lokale. „Und am Sonntag, dem 3. Advent, koche ich für uns das Mittagessen, du bist herzlich eingeladen. Es ist an der Zeit, daß ich mich mal revanchiere“, das mußte Erika jetzt einfach los werden. Mit diesen Worten hatte sie Siegfried sehr glücklich gemacht und erntete mitten auf dem Weihnachtsmarkt eine herzliche Umarmung mit einigen zärtlichen Küßchen. Die beiden waren ja so glücklich miteinander.

Das Wochenende war traumhaft schön für beide. Auch die Vorfreude auf das nächste war ganz toll.

Erikas Mittagessen war ausgezeichnet gelungen. Und zum Kaffee naschten sie dann wieder genüßlich einige Leckereien weg, es war ja schließlich der 3. Adventssonntag.

Erika hatte ihrem lieben Siegfried an diesem Sonntag auch ihre anfänglichen kleinen Notlügen gebeichtet. Er hatte Verständnis dafür und gestand Erika, daß er das sehr wohl bemerkt hatte. Da Weihnachten vor der Tür stand, gab es auch schon Verabredungen zwischen ihnen für die Feiertage. Siegfried wollte gerne, daß Erika am Heiligabend zu ihm kommt, auch wenn er da schon einen Gast haben würde. Doch Erika wollte dies nicht. Für den ersten Weihnachtsfeiertag zum Mittagessen in ein feines Lokal, diese Einladung nahm Erika gerne an, wenn es da auch noch diesen zweiten Gast gab, von dem Erika noch gar nicht wußte, wer er ist. Sie freute sich sehr darauf, daß ließ sie Siegfried auch wissen. Auch Heiligabend würde sie ganz gerne mit ihm verbringen, doch sie hatte das abgesagt, weil es da noch den anderen Gast gab, den sie nicht kennt, aber das sprach Erika nicht aus, das waren eben nur Gedanken. Sie nahm an, daß es ein guter Freund von Siegfried ist, auch alleine, und sicher haben sie im vorigen Jahr diesen Abend auch schon gemeinsam verlebt. Fragen wollte sie aber doch nicht. Siegfried hat diese ihre Absage akzeptiert, wenn auch nicht so gerne. Er hat Erika nicht bedrängt. Er sagte nur: „Wir haben ja vorher noch das 4. Advent-Wochenende, das gehört doch bestimmt uns beiden. Oder hast du das etwa auch schon verplant?“ Erika mußte Siegfried jetzt schon wieder enttäuschen: „Samstag ist vergeben an Lotti. Wir haben das schon festgemacht, als Lotti so krank war, da wollte ich sie doch nicht enttäuschen.“ Mit einer Schmollschnute sagte Siegfried jetzt: „Ich dachte, du sagst – ja, mein Schatz, das 4. Advent-Wochenende gehört uns beiden.“ Aber gleich brachte er Verständnis dafür zum Ausdruck, daß Erika diesen einen Tag für ihre Freundin Lotti haben muß. Dafür versprach Erika: „Der 4. Advent-Sonntag gehört aber ganz allein uns beiden.“ Siegfried lächelte sie mit einem dankbaren Blick an. Dann hatte Erika auf die Uhr gesehen. Da gab es wohl ein Mißverständnis bei Siegfried. Höflich verabschiedete er sich von Erika mit den Worten: „Dann hol’ ich dich Sonntag wieder um elf Uhr ab, einverstanden?“ Erika war einverstanden.

Abends rief Erika dann doch bei Siegfried an und fragte: „Bist du mir böse?“ Er fragte: „Weshalb denn?“ – „Na wegen der zwei Absagen von mir, Heiligabend und am kommenden Samstag“, sagte Erika. Siegfried erinnerte: „Ich bekam doch auch zwei Zusagen, also muß ich zufrieden sein. Erika, mein Schatz, ich bin dir nicht böse. Wie könnte ich denn? Es ist in Ordnung so, vielleicht hast du bemerkt, daß ich ein wenig traurig war in diesem Moment, aber böse bin ich dir doch nicht. Es ist so, daß ich meine gesamte Freizeit mit dir verleben möchte. Mach’ dir jetzt keine Gedanken mehr darüber es ist alles in Ordnung, mein Schatz. Schlaf’ schön, gute Nacht.“

Die Tage dieser Woche sind auch wieder schnell vergangen. Freundin Lotti hatte darauf bestanden, daß sie den Samstag bei ihr und nicht bei Erika verbringen. Lotti wollte Erika damit für die liebevolle Betreuung während der Krankheit danken. Erika mußte einfach einverstanden sein, war sie ja auch, sie wollte Lotti nicht beleidigen. Inzwischen war Lotti wieder ganz gesund.

Es war ein schöner Tag bei Lotti. Ein Gläschen Wein und ein Plauderstündchen unter Freundinnen ist doch immer wieder schön. Erika hatte Lotti auch erzählt, daß sie Siegfried gleich zwei Absagen gegeben hatte. Als sie das so sagte, fiel ihr ein, daß es sogar drei waren. Siegfried hatte vorgeschlagen, daß sie sich doch gelegentlich auch an Wochentagen treffen könnten. Das war bei ihrem gemeinsamen Bummel auf dem Weihnachtsmarkt. Erika hatte das sofort abgelehnt, weil Siegfried bei seinem verantwortungsvollen Beruf als Arzt ausgeschlafen und ausgeruht seine Sprechstunden beginnen muß. Siegfried hatte das eingesehen, fand es aber trotzdem sehr schade, aber – wie immer – hat er Erika auch diesmal nicht bedrängt.

Während Erika und Lotti vergnügt miteinander plauderten, hatte das Hündchen Trixi bei Lotti schon wiederholt sein Gassi-gehen angemahnt. Als Lotti nicht sofort reagierte, drängelte das Tierchen bei Erika. Trixi bekam ihr Recht. Danach verabschiedete sich Erika von Lotti und beeilte sich, nach Hause zu kommen. Sie rief dann gleich bei Siegfried an, bestellte die ihr aufgetragenen Grüße von Lotti und entschuldige sich nochmals für die doch eigentlich sogar drei von ihr ihm gegebenen Absagen. „Jetzt kann ich deine Schmollschnute verstehen, aber – das mache ich wieder gut" beichtete Erika, und sie hatte auch schon eine Idee dafür. So sehr Siegfried auch danach fragte, das verriet sie nicht, das wollte sie sich auch noch in Ruhe überlegen. Die beiden hatten noch ein paar belanglose Worte gewechselt, sich dann gegenseitig eine gute Nacht gewünscht und so ihr Gespräch beendet.

Am nächsten Tag, dem 4. Advent-Sonntag, holte Siegfried pünktlich, wie verabredet, Erika zum Mittagessen ab. Diesmal brachte er eine wunderschöne, langstielige, dunkelrote Rose mit. Erika hatte auch eine passende Vase dafür. Sie freute sich sehr über diese schöne duftende Rose, ermahnte Siegfried aber auch, daß er ihr doch nicht jedesmal etwas mitbringen muß, er verwöhnt sie doch auch so schon genug. Noch bevor sie los wollten, holte sich Siegfried bei Erika die Zusage, daß sie nach dem Essen zu ihm nach Hause fahren. „Du mußt doch endlich einmal sehen, wo und wie ich lebe. Und meine Arzt-Praxis würde ich dir auch gerne zeigen" drängelte Siegfried. Erika erklärte sich einverstanden.

Die beiden haben wieder köstlich gespeist in einem gepflegten kleinen Lokal. Dann fuhren sie – wie abgesprochen – zu Siegfried nach Hause. Obwohl Erika ihm sehr vertraute, war sie irgendwie aufgeregt. „Er wird doch nicht etwa die Situation ausnutzen“ ging es ihr durch den Kopf. „Nein, das wird er nicht“ war sie sich sofort sicher. Aber eine unerklärliche Befangenheit beschlich Erika dann schon, als sie das Haus von Siegfried nun zum ersten Mal betrat. Siegfried nahm ihr den Mantel ab mit der Frage: „Was möchtest du dir zuerst ansehen, mein Schatz, die Praxis oder die obere Etage – meinen Wohnbereich?“ Erika wollte zuerst gleich unten die Praxis sehen. Es war alles sehr schön und hell, praktisch und sinnvoll eingerichtet. Siegfried hatte Erika alle Räume gezeigt. Da gab es gleich vorn die Anmeldung (Kartei, Telefon, Computer), den Warteraum, das Sprechzimmer von Siegfried, daneben einen Raum mit zwei Liegen, durch Vorhang getrennt, zwei verstellbaren Lehnstühlen für Patienten, die Infusionen bekommen müssen usw. „Hier arbeitet eine ausgebildete Krankenschwester, auf die ich nicht verzichten könnte. Blutabnehmen ist ihr täglicher Arbeitsbeginn“, erklärte Siegfried. Erika hat einfach dazwischen gefragt: „Eine hübsche junge Krankenschwester?“ – „Sie ist vor wenigen Wochen fünfzig Jahre alt geworden, eine sehr zuverlässige, erfahrene Kraft“ antwortete Siegfried. „Soll ich da ein ganz klein wenig Eiersucht bei Erika verspürt haben?“ fragte sich Siegfried in Gedanken und freute sich sogar darüber. Dann zeigte Siegfried Erika noch einen Raum, in dem Geräte für Spezialuntersuchungen standen. „Dann gibt es dort hinten noch drei Toiletten“ sage Siegfried und zeigte in die Richtung. „Warum drei?“ wolle Erika gerade fragen, doch da waren sie schon dicht dran, die drei Türen waren beschriftet, getrennt für Personal, Patienten und Rollstuhl-Patienten. Das fand Erika beachtenswert, da dies nicht überall so eingerichtet ist. Dann gab es da noch drei verschlossene Türen, zu denen Siegfried noch nichts gesagt hatte. Erika fragte nach. Siegfried erklärte ihr, daß er ursprünglich mit noch einem Kollegen eine Gemeinschaftspraxis hier einrichten wollte, dieser aber in der Zeit der Vorabsprachen an Krebs erkrankt war und inzwischen verstorben ist. „Nun steht außerdem auch der zweite Warteraum leer. Nach dem Tod dieses Kollegen gab es noch einige Schicksalsschläge. Meine Frau starb, aber über all das möchte ich jetzt nicht reden.“

Dann schloß Siegfried eine kleinere Tür hinter der Garderobe auf, nach der Erika noch gar nicht gefragt hatte. Dahinter gab es eine eher schmale Treppe, die nach oben in den Wohnbereich führte. Auf der anderen Seite des Hauses gab es den ganz normalen Eingang für die obere Etage, den Wohnbereich von Siegfried. Doch die beiden stiegen gleich diese Treppe hinauf.

Erika war begeistert, nicht nur von Siegfrieds Praxis, die sie gerade besichtigt hatte, sondern auch bereits bei der Ankunft in der geräumigen hellen Diele. Diese hatte ein schönes großes Fenster, eine bequeme Sitzecke, mehrere Pflanzen und einige Bilder an den Wänden. Erika unternahm auch gleich eine Sitzprobe. „Herrlich“ sagte sie. Dann führte Siegfried Erika ins Wohnzimmer, groß und hell, ganz toll eingerichtet. Als Erika die Einrichtung hinreichend bestaunt hatte, stellte sie die Frage, ob sie auch die Küche sehen darf. „Selbstverständlich darfst du das, mein Schatz, sieh’ sie dir an.“ Die Küche war auch schön groß und hell, mit einer Sitzecke. Ein schönes großes Bad gab es und extra eine Gästetoilette. Drei weitere Türen gab es noch, zu denen Siegfried keine Bemerkung machte. Das war auch gar nicht nötig. Erika nahm an, es ist das Schlafzimmer und zwei Gästezimmer. Erika schwärmte von allem, was sie in Siegfrieds Haus gesehen hatte. Dann gingen sie ins Wohnzimmer.

„Such’ dir einen schönen Platz, Erika, und entschuldige mich einen Moment.“ Siegfried ging in die Küche und setzte die Kaffeemaschine auf. Dann trug er allerlei Leckereien auf. Er holte kostbares Geschirr aus dem Schrank, den Kaffee aus der Küche und schenkte ein. Die Kerzen hatte er auch schon angezündet. Und leise, vorweihnachtliche Musik konnte man vernehmen. Siegfried hatte wirklich an alles gedacht, um diesen 4. Advent-Sonntag zum schönen Erlebnis für beide werden zu lassen.

Siegfried forderte Erika auf, sich nach Herzenslust zu bedienen. Erika sagte: „Dann will ich gleich mal mit dem Allerleckersten beginnen.“ – „Tu’ das, mein Schatz“ sagte Siegfried. Und sie tat es unverzüglich. Sie umarmte ihren Siegfried und küßte ihn leidenschaftlich, so, daß beiden ganz heiß wurde. Fast hätten sie den Kaffee dabei verschüttet, der ja schon eingeschenkt war. „Unser Kaffee wird kalt“ sagte Erika schnell, um die in ihr aufkommende Verlegenheit zu überspielen. Dann ließen sich die beiden die köstlichen Naschereien schmecken. Plötzlich sagte Siegfried: „Jetzt bin ich dran, meine Erika“, er nahm seine Erika in die Arme und küßte sie, zärtlich und leidenschaftlich.

Es waren wieder schöne Stunden für die beiden verliebten Menschen, doch sie vergingen viel zu schnell, wie jedes Mal.

Wenn auch der Abschied von Mal zu Mal immer schwerer fiel, so auch heute, mahnte Erika rechtzeitig zum Aufbruch, damit Siegfried morgen ausgeschlafen seine Sprechstunde beginnen kann. Siegfried brachte Erika nach Hause und verabschiedete sich mit den Worten: „Na dann, mein Schatz – bis ersten Weihnachtsfeiertag um elf Uhr, dann hole ich dich wieder zum Mittagessen ab.“ – „Ich freue mich sehr darauf“, sagte Erika noch zum Abschied. Und Siegfried sagte: „Wir telefonieren bis dahin aber noch.“

In der letzten Woche vor Weihnachten, die ohnehin schnell vergangen war, hatte Erika doch noch ihre Gardinen gewaschen. Eigentlich war es nicht nötig, sie hatte es unlängst getan. Erika hatte sich etwas vorgenommen für Weihnachten. Sie wollte Siegfried am zweiten Feiertag zu sich zum Mittagessen einladen. Sie hat alles dafür rechtzeitig eingekauft, auch eine Ente war eingefroren.

Gleich am Montag hatte Erika auch schon das Weihnachtsgeschenk für Siegfried abgeholt. Sie hatte ein teures Schreibset gekauft und in jeden Stift seinen Vornamen eingravieren lassen. Das sah toll aus. Dann hatte sie auch noch einen einzelnen guten Füllhalter gekauft in einem geschmackvollen Geschenketui. Den wollte sie dem Gast von Siegfried schenken, wenn es ihr geeignet erscheinen sollte, ansonsten wollte sie ihn eben selbst behalten. Erika hatte sich nämlich vorgenommen, Heiligabend doch zu Siegfried zu fahren. „Es soll eine schöne Überraschung werden, er darf es vorher nicht wissen. Ich darf es beim Telefonieren nicht verraten“, nahm Erika sich ganz fest vor. Ganz bestimmt wird er sich sehr freuen.

Siegfried hatte in dieser letzten Vorweihnachtswoche fast jeden Abend bei Erika angerufen und ihr immer wieder gesagt, wie sehr er sich auf den ersten Weihnachtsfeiertag freut, den er mit ihr verleben darf. Natürlich hoffte Siegfried bei jedem seiner Anrufe, daß Erika vielleicht doch noch ihren Besuch für Heiligabend bei ihm zusagen würde, aber es passierte nicht. Erika hatte bei ihren Gesprächen gut aufgepaßt, daß sie nichts verrät. Für sie stand aber fest, daß sie es tun wird. Heiligabend erstmalig ganz alleine, das würde sie sowieso nicht aushalten können, sie würde wieder anfangen, zu grübeln und zu weinen, das wußte Erika genau. Und sie freute sich sehr darauf, ihrem Siegfried solch eine schöne Überraschung zu Weihnachten machen zu können.

Ja, diese letzte Vorweihnachtswoche war sehr schnell vergangen, noch schneller als sonst immer. Alles war vorbereitet für das Weihnachtsfest. Im Haus hatte Erika alles festlich hergerichtet, alles sah weihnachtlich aus. Einen kleinen Tannenbaum hatte sie auch gekauft und ihn am Heiligabend vormittags geschmückt. Nachmittags war Erika dann noch schnell auf ein knappes Stündchen bei Lotti, sie hatte ihr auch ein kleines Geschenk mitgebracht. Lotti war nicht alleine zu den Feiertagen. Heiligabend zum Abendessen kam eine Freundin, deren Mann vor einem halben Jahr gestorben war. Sie konnte zu den Feiertagen nicht alleine sein, das wußte Lotti, deshalb hatte sie diese Freundin für die Feiertage eingeladen, auch gleich bei ihr zu schlafen. Beide waren nun nicht einsam. Also brauchte Erika sich keine Gedanken machen, wie es Lotti während der Feiertage ergehen würde. Sie war nicht allein. Erika freute sich darüber.

Erika war von Lotti zurück. Sie machte sich schön für ihren Siegfried. Die Geschenke hatte sie schon hübsch eingepackt. Dann telefonierte sie nach einem Taxi. Ein letzter Blick in den Spiegel verriet Erika, daß sie sich doch sehr schick angezogen hatte, es paßte alles prima zusammen. Aber aufgeregt war sie, besonders auch, weil es bei Siegfried schon einen Gast gab, den sie nicht kannte, über den sie nichts wußte. Weshalb eigentlich hatte er über ihn nichts erzählt? Vielleicht hat Siegfried eine Schwester oder einen Bruder, die ihn Weihnachten nicht alleine lassen wollten oder gar alleine waren.

Das Taxi kam. Erika ging schnell hinaus und stieg aufgeregt ein. Ihre Geschenkpäckchen waren klein und paßten in die Handtasche. Das war gut so. Der Weg hin zu Siegfried war nicht lang, in wenigen Minuten waren sie angekommen. Nachdem Erika ganz schnell das Taxi bezahlt hatte, ging sie sehr eilig zum Haus, irgendwie hatte sie das Gefühl, daß man sie durch das Fenster hätte sehen können, und das wollte sie nicht, dann wäre ihre Überraschung doch nicht so gelungen, wie sie das geplant hatte.

Erika klingelte. Ihr Herz klopfte immer schneller. Durch die Sprechanlage ertönte Siegfrieds Stimme: „Wer ist dort bitte?“ Mit tiefstmöglicher Stimme antwortete Erika: „Der Weihnachtsmann!“ Natürlich hatte Siegfried ihre Stimme erkannt. Er drückte auf den Öffner und rannte wie ein Wahnsinniger die Treppe hinunter. Er begrüßte seine Erika ganz stürmisch und küßte sie leidenschaftlich.

Dann sagte er: „Ein schöneres Weihnachtsgeschenk hätte mir niemand machen können, mein Schatz. Danke!“ Siegfried geleitete Erika nach oben, wo ihr alles ja schon ein wenig vertraut war.

In der Wohnstube angekommen, erblickte Erika einen gutaussehenden, wesentlich jüngeren Mann als Siegfried. Siegfried stellte ihn vor: „Erika, das ist mein Sohn Frank-Peter. – Sohnimann, das ist Erika, meine Liebste. Wir kennen uns seit Oktober.“ Die beiden Vorgestellten gaben sich die Hand und lächelten einander freundlich zu.

Das war eine gelungene Überraschung für alle drei. Reicher beschenken hätte sie der fleißigste Weihnachtsmann nicht können. Das mußten sie doch gleich mit einem Gläschen Wein begießen. Es standen jede Menge Naschereien auf dem Tisch, und sie langten auch zu. Alle drei waren glücklich.

Der schön geschmückte Weihnachtsbaum strahlte im Lichterglanz. Ausgepackte Geschenke nebst Schleifchen und Weihnachtspapier befanden sich auf dem Tischchen unter dem Weihnachtsbaum. Erika sagte: „Ich sehe, der Weihnachtsmann war schon hier, aber unterwegs hat er mir noch Kleinigkeiten für euch mitgegeben.“ Mit diesen Worten überreichte Erika den beiden Männern ihre kleinen Geschenkpäckchen und wünschte ihnen frohe Weihnachten. Beide packten aus und bedankten sich bei Erika. Erika mußte sich jetzt neben den Weihnachtsbaum stellen und die Augen schließen. Es erklang leise Weihnachtsmusik. Alle drei fühlten sich sehr wohl, wie in einem Märchen. Siegfried legte Erika ein Goldkettchen mit einem ganz kleinen Herzchen um und geleitete sie mit noch immer geschlossenen Augen zum Spiegel. „Jetzt darfst du die Augen öffnen, mein Schatz“, flüsterte Siegfried. Erika sah in den Spiegel, drehte sich um und dankte ihrem Siegfried mit einer herzlichen Umarmung und einem zärtlichen Küßchen. Dann fragte sie: „Siegfried, sag’ mal, woher weißt du, daß mir dieses Kettchen mit diesem winzigen Herzchen so sehr gefällt?“ Siegfried hatte sie beobachtet, als sie bei einem Spaziergang vor dem Schaufenster eines Juweliers stehen blieben. Er hatte damals genau aufgepaßt, bei welchem Schmuck Erikas Augen am längsten haften blieben. Das gestand er ihr nun. Auch, daß er sie damals absichtlich dorthin geleitet hatte, beichtete er jetzt. Gleich am nächsten Tag war er in der Mittagspause hingeeilt, um diesen Schmuck zu kaufen. Und er hatte sich so sehr gefreut, daß er genau dieses Geschenk noch haben konnte. Seine Überraschung war nun also gelungen.

Frank-Peter sagte dann: „Ist mir das aber peinlich, liebe Erika, daß ich kein Geschenk für Sie habe. Ich konnte es doch nicht wissen. Papa hatte mir noch nichts von euch erzählt." Erika erwidert: „Frank-Peter, darf ich mir jetzt ein kleines Geschenk wünschen?" „Natürlich, ja, selbstverständlich!" sagte der junge Mann. „Sagen Sie einfach ‚Du' zu mir. Ich heiße Erika, wie ja schon zu hören war." Der junge Mann antwortete etwas verlegen: „Danke, liebe Erika, dann sagst du aber bitte auch Frank-Peter zu mir und kein ‚Sie'. Einverstanden?" Selbstverständlich war Erika einverstanden. Das mußte nun erst einmal begossen werden. Vergnügt prosteten die drei sich zu.

Dann begab sich Siegfried in die Küche, um das Abendessen zuzubereiten. Die angebotene Hilfe seiner beiden Gäste lehnte er konsequent ab. Siegfried hatte ja schon am Tage alles weitestgehend vorbereitet, da gab es jetzt nicht mehr viel zu tun. Bald duftete es köstlich aus der Küche, doch Erika und Frank-Peter blieben ganz brav an ihren Plätzen, genau so, wie Siegfried es verlangt hatte. Sie wollten ihm die Freude nicht verderben.

Erika und Frank-Peter unterhielten sich inzwischen wie zwei alte Freunde. Erika erzählte, wie und wo sie und Siegfried sich kennengelernt hatten. Dann erzählte Frank-Peter auf Erikas Wunsch von sich. Er ist vor wenigen Tagen geschieden worden. Am zweiten Weihnachtstag wird seine Scheidung mit Freunden zusammen gefeiert. Erika fragte etwas erschrocken: „Feiert man denn eine Scheidung? Ist so etwas nicht eine sehr traurige Angelegenheit?" – „Eigentlich schon" sagte Frank-Peter. „Aber als meine Mutter vor knapp zwei Jahren starb, war ich so verzweifelt. Ich hatte meine Mutter sehr geliebt. Bevor das geschah, wir konnten es doch nicht ahnen, hatten wir geplant, meinen 30. Geburtstag groß zu feiern. Dann geschah das Furchtbare. Von der Beerdigung meiner Mutter bis zu meinem Geburtstag waren es nur noch sechs Tage. Selbstverständlich habe ich alles abgesagt. Meine Freunde hatten alle Verständnis dafür, sie hätten auch so gehandelt. Nur meine Ehefrau hatte kein Verständnis für meine Trauer, für mein Verhalten in dieser Situation. Sie bestand darauf, daß so gefeiert wird, wie es geplant war, als noch niemand von diesem schweren Schicksalsschlag ahnte. Eigentlich hatte sie zu meiner Mutter immer ein gutes Verhältnis. Meine Mutter hatte sie sehr geliebt, auch, weil ihr Wunsch nach einer eigenen Tochter unerfüllt geblieben war. Ich konnte nicht verstehen, daß ihr der Tod meiner Mutter, ihrer Schwiegermutter, nichts ausmachte, und daß sie nicht einmal Verständnis für meine Trauer aufbringen konnte. Ich verstand es nicht. In dieser Situation war ihr nach Feiern zumute. Ich konnte es wirklich nicht verstehen. Fast habe ich sie um Verständnis angebettelt. Aber sie erklärte mir nur, daß sie die schicke Kleidung, die sie zu diesem Anlaß gekauft hatte, nun auch an diesem Tag, bei einer Feier tragen will. Sie wollte bei jeder Feier immer die Schönste sein.

An meinem 30. Geburtstag machte sie sich besonders schön und ging alleine aus. Am nächsten Tag vormittags kam sie nicht angetrunken, sondern völlig betrunken nach Hause und sagte mir, daß sie die Scheidung will. Ich war darüber sehr erschrocken und entsetzt von ihrem Anblick, ich habe sofort zugesagt. Was hätte mich nun wohl noch bei dieser Frau halten können?! Die Tage darauf sprachen wir kaum miteinander, nur das Allernotwendigste. Ich schlief im Gästezimmer. Ein paar Wochen Zeit wollte ich ihr doch noch lassen. Vielleicht würde sie wieder zu sich kommen und Zeit brauchen, um für so ein Verhalten eine verständliche Erklärung abzugeben. Vielleicht wußte sie auch gar nicht mehr, daß sie im Suff die Scheidung verlangt hatte. Aber, wenn es so wäre, würde sie mich doch gefragt haben, weshalb ich im Gästezimmer schlief. Nun ja, vielleicht dachte sie, weil sie so betrunken, erst am nächsten Vormittag nach Hause gekommen war. Auch wollte ich zu diesem Zeitpunkt die Hoffnung nicht ganz aufgeben, daß unsere Ehe vielleicht doch noch zu retten wäre. Aber ich hoffte vergebens. Es kam keinerlei Erklärung von ihr. Ich wollte keinen Streit, deshalb hatte ich ihr auch keine Vorhaltungen gemacht. Schon nach zwei Wochen, in denen sie mehrmals ausging und meistens erst am nächsten Morgen bzw. Vormittag wiederkam, wiederholte sie ihre Forderung nach Ehescheidung. Ich sagte sofort zu., Was wollte ich denn noch mit dieser Frau? Um solch' eine kämpfen? Nein! Um solch' eine Frau nicht. Meine Gefühle für sie hatte sie selbst ausgelöscht, so daß es mir nicht schwer fiel, die Scheidung einzureichen. Die Wartezeiten für Ehescheidungen sind leider sehr lang, so auch in unserem Fall, obwohl wir noch kinderlos waren. Ich selbst hatte mir Kinder sehr gewünscht, aber sie wollte keine, sie meinte, dann sei ihr schönes Leben dahin und ihre Figur ebenfalls. Jetzt bin ich froh, daß es abgeschlossen ist, und ich meinem Leben endlich wieder einen Sinn geben kann." Hiermit hörte Frank-Peter erst einmal auf, zu reden. Betroffen sagte Erika: „Das tut mir ja so leid, Frank-Peter."

Da kam auch schon Siegfried mit dem appetitlich duftenden Festtagsessen. Er war schon einmal unterwegs zu den beiden hörte aber, daß sein Sohn sich all seinen Kummer von der Seele redet, so ließ er ihm noch ein wenig Zeit, zumal die beiden ihn gar nicht bemerkt hatten.

Siegfried legte dann eine CD auf mit den schönsten Weihnachtsliedern, sehr leise ließ er die festliche Musik erklingen. Die drei speisten genüßlich und auch sehr reichlich, es schmeckte vorzüglich. Sie tranken auch reichlich von dem köstlichen Wein. Irgendwann hatten sie alle drei dann einen kleinen Schwips. Bei Erika war er zuerst unübersehbar. Sie umarmte die beiden Männer und sagte: „Ich bin ja so glücklich, daß ich euch beide habe." Die folgenden Komplimente der beiden Männer taten ihr so gut. Es war ein Heiligabend, wie Erika ihn sich nicht schöner hätte vorstellen können, wie im Märchen. Sie äußerte sogar die Absicht, daß sie ein Buch über ihr Leben schreiben will. „Das muß man doch, mit so einem Happy End. Stimmt's?" Die beiden Männer bestätigten das und freuten sich unverzüglich auf Erikas künftiges Buch. Und alle drei freuten sich auch auf morgen, auf das festliche Mittagessen in einem entsprechenden Lokal. Siegfried hatte diesmal einen Tisch reservieren lassen. Für den zweiten Weihnachtsfeiertag waren selbstverständlich beide Männer bei Erika zum Mittagessen eingeladen. Darauf freuten sie sich auch sehr. Frank-Peter war sehr gespannt auf Erikas Haus, von dem Siegfried jetzt schwärmte.

Erika war inzwischen sehr müde geworden, es war ja auch schon ziemlich spät. Jetzt wollte sie nach Hause. Da gab es einen kleinen Lichtblick in ihrem Schwips, sie wollte nicht mehr trinken, es war ohnehin genug. Siegfried bestellte ein Taxi. Er fuhr mit, brachte Erika bis in ihr Haus. Erika hatte einen ganz beachtlichen Schwips, aber sie war ja so glücklich. Siegfried hatte das Taxi warten lassen und fuhr mit diesem gleich zurück nach Hause. Erika ging ins Bett und schlief sofort ein. Den Wecker hatte sie noch gestellt, zehn Uhr. Auf das Frühstück wollte sie verzichten, denn sie wäre dann sicherlich noch satt. Die eine Stunde würde reichen zum Duschen, auch für eine Tasse Kaffee, und um sich schön zu machen. So war es dann auch am nächsten Morgen.

Einige Minuten vor der verabredeten Zeit war Erika fertig. Siegfried war Punkt elf Uhr, wie verabredet, mit einem Taxi da, um Erika zum weihnachtlichen Festessen in ihrem Lieblingslokal abzuholen. Frank-Peter war mitgekommen, blieb aber im Taxi, aus Anstand, versteht sich. Erika hatte gar nicht gewußt, daß er im Taxi wartete. Sie dachte, daß Siegfried jetzt mit ihr zusammen nochmals nach Hause fährt, um Frank-Peter abzuholen, doch Siegfried hatte das mit dem Taxi sinnvoller arrangiert. Erika fragte Frank-Peter: „Warum bist du nicht mit reingekommen?“ – „Ich dachte, vielleicht schläfst du noch nach unserem gestrigen ausgiebigen Feiern, und dann wäre es dir vielleicht peinlich, wenn da gleich zwei Männer vor der Tür stehen“, scherzte Frank-Peter. Das Taxi hatte sich bereits in Bewegung gesetzt. Bald waren sie auch schon am Ziel.

Das Festmahl war wieder köstlich, ausgezeichnet, das Lokal war sehr festlich geschmückt. Leise ertönte schöne Weihnachtsmusik. Die drei fühlten sich sehr wohl, bald waren sie satt und lustig.

Dann stellte Siegfried die Frage, ob ein Mini-Spaziergang angenehm sei. Die beiden anderen sagten zu, und so verwirklichten sie diesen Vorschlag dann auch gleich. Es lag Schnee, einzelne Flöckchen rieselten ab und zu noch herab. Die Leute hatten ihre Fenster alle festlich geschmückt. Die meisten hatten außerdem einen echten gewachsenen Tannenbaum vor oder neben dem Haus. All diese Bäume trugen heute Kerzen, dazu die kleinen Schneehäufchen, das war ein märchenhafter Anblick. Das ganze bisherige Weihnachtsfest war wie ein Märchen, und es war glücklicherweise noch nicht zu Ende.

Dann kehrten die drei auch noch in ein kleines Café ein. Auch hier war alles weihnachtlich geschmückt, und es ertönte leise Weihnachtsmusik. Nach dem Kaffeetrinken wollte Erika nach Hause, wenn auch schweren Herzens. Sie wolle schon für morgen den Entenbraten vorbereiten und einen frischen Kuchen backen. Das wurde von beiden Männern akzeptiert, wenn auch Siegfried sich das Wörtchen „schade“ nicht verkneifen konnte. Frank-Peter meldete auch gleich an, daß er bald nach Hause wollte, sich noch umziehen für den Abend mit zwei Freunden, die am nächsten Abend bei seiner „Scheidungs-Feier“ nicht dabei sein konnten. Einer dieser beiden Freunde, die er seit langer Zeit kannte, war noch ledig, der andere auch bereits geschieden. Beide mußten gleich nach Weihnachten pünktlich am Arbeitsplatz sein. Also brachte Siegfried erst Erika nach Hause, dann Frank-Peter.

Siegfried war nun an diesem Abend alleine, aber glücklich über die vielen schönen erlebten Stunden mit seinem Sohn und seiner geliebten Erika. Am Abend rief er dann noch bei ihr an. Nach einem kurzen Gespräch verabschiedeten sie sich mit der Vorfreude auf den morgigen Tag.

Siegfried und Frank-Peter waren am zweiten Weihnachtsfeiertag sehr pünktlich bei Erika zum Mittagessen erschienen, und das sicherheitshalber wieder mit dem Taxi, denn sie würden doch wieder etwas trinken. Erikas Entenbraten und auch der Kuchen waren vorzüglich gelungen. Die Kerzen strahlten am schön geschmückten Weihnachtsbaum, und eine CD mit schönen Weihnachtsliedern hatte Erika auch schon aufgelegt, der Tisch war festlich gedeckt, alles fertig, bevor sie die beiden Herren hereinließ. Sie begrüßten sich, Erika hieß die beiden herzlich willkommen und bat sie ins Haus. Siegfried hatte eine Flasche Wein mitgebracht und Frank-Peter eine große Pralinenschachtel. „Na, dann werden wir ja wieder an unserem Gewicht sündigen“, sagte Erika, als sie sich bedankt hatte. Erika trug dann auch gleich das Festmahl auf. Sie schlemmten genüßlich, alle drei. Anschließend sah Frank-Peter sich Erikas Haus in allen Einzelheiten an, Erika hatte ihm das so angeboten. Der junge Mann war begeistert. Insgesamt gefiel es ihm hier viel besser als bei Siegfried, seinem Papa, wo es nur die obere Etage als Wohnbereich gab. Dann plauderten sie noch ein Weilchen, und bald schon trug Erika alles zum Kaffeetrinken auf. Außer ihrem gestern gebackenen Kuchen hatte sie so mancherlei Leckereien zum Naschen auf dem Tisch. Obwohl alle drei eigentlich noch von dem köstlichen Mittagessen satt waren und sie auch wußten, daß sie über die Feststage ganz sicher schon zugenommen hatten, schlemmten sie nun nochmals ungeniert. Für alle drei war es wieder ein sehr schöner Tag, den sie so bald nicht vergessen würden.

Frank-Peter mußte nun auch bald los zu seiner Feier mit den Freunden. Erika mahnte auch rechtzeitig, daß sie diesen schönen Tag nicht zu spät ausklingen lassen dürfen, denn Siegfried hat früh um sieben Uhr seine ersten Patienten in der Sprechstunde. „Sicher wird es da noch einige Patienten mehr geben als sonst, die sich beim Essen und Trinken an den Feiertagen übernommen haben, und jetzt die Hilfe vom ‚Onkel Doktor' brauchen", scherzte Erika. Frank-Peter freute sich, daß er noch einen freien Tag hat nach seiner Scheidungsfeier, daß er dann erst noch richtig ausschlafen kann, bevor er seine Heimreise antreten muß. Erika will morgen auch erst einmal bis mittags schlafen, dann die reichlichen Reste vom Mittagessen aufwärmen, und nachmittags will sie mit dem Kuchenrest zu Lotti, falls Lotti nicht zu ihr kommt. Sie will sie heute abend gleich noch anrufen, um es mit ihr abzustimmen. Die Zeit war wieder schnell vergangen, viel zu schnell.

Sie verabschiedeten sich herzlich. Erika lud Frank-Peter ein: „Du kannst jederzeit mein Gast sein, du bist immer sehr willkommen." Siegfried will morgen nach Arbeitsschluß gleich anrufen.

Bevor die beiden Männer im Taxi verschwanden, winkten sie alle beide Erika noch freundlich zu. Sie war noch an der Haustür stehen geblieben und winkte auch. Dann ging sie ins Haus und rief bei Lotti an. Sie verabredeten sich für den nächsten Tag zum Kaffee bei Erika.

Erika saß dann noch ein Stündchen bei Weihnachtsmusik auf der Couch, naschte ein paar Kleinigkeiten und durchträumte die erlebten schönen Tage in Gedanken nochmals, dann ging sie auch bald ins Bett. Abendbrot essen mochte sie nicht, sie war noch so satt von all den Köstlichkeiten und Naschereien.

Siegfried ist es am ersten Arbeitstag nach den Feiertagen schwer gefallen, so früh aufzustehen und den ganzen Tag verantwortungsbewußt seine Patienten zu behandeln. Es waren tatsächlich an diesem Tag sehr viele da. Erika hatte mit ihrem Scherz richtig getippt. Zum Glück gab es aber keine besorgniserregenden Fälle.

Abends rief Siegfried bei Erika an, wie verabredet. „Erika, mein Schatz, wie geht es dir?" – „Sehr gut. Nachmittags war Lotti hier. Wir hatten einen sehr netten Plauder-Nachmittag, hatten viel Schönes zu erzählen. Jetzt waren wir noch mit Trixi Gassi gegangen und haben uns dann gleich draußen verabschiedet. Ich bin gerade erst etwa zehn Minuten im Haus. Und wie erging es dir heute?" wollte Erika noch wissen. Siegfried erzählte, daß er heute sehr viele Patienten hatte und, daß das Frühaufstehen ihm sehr schwer gefallen war. Dann fügte Siegfried noch hinzu: „Erika, wir haben an den Weihnachtsfeiertagen etwas ganz Wichtiges vergessen. Vielleicht aber auch nicht. Eigentlich ist es doch selbstverständlich, daß wir Silvester und Neujahr beide miteinander verleben werden. Oder hast du andere Pläne?" – „Ich bin für gemeinsam" antwortete Erika. Sie einigten sich darauf, daß Siegfried gleich morgen in der Mittagspause Eintrittskarten für Silvester in einem gepflegten Lokal besorgen will, es sind ja nur noch wenige Tage bis dahin. Nachdem sie alle beide noch ein wenig von den schönen Weihnachtsfeiertagen geschwärmt hatten, wünschten sie sich gegenseitig eine gute Nacht und verabschiedeten sich. Erika ging dann auch bald ins Bett und las noch ein paar Seiten in ihrem Rosamunde-Pilcher-Buch.

Am nächsten Tag, am späten Vormittag, bekam Erika einen Anruf aus Italien von ihrem Schwiegersohn. Er teile ihr mit, daß Sandra vor wenigen Stunden ins Krankenhaus eingeliefert worden war und schon morgen operiert werden soll. Erika bedrängte ihren Schwiegersohn, ihr die Wahrheit zu sagen, auch wenn sie schlimm sein sollte, denn er hatte es zunächst mit einer Notlüge – Blinddarm – versucht. Er wollte Erika nicht gleich so sehr erschrecken. Doch auf Erikas eindringliche Bitte sagte er ihr, daß bei Sandra Brustkrebs im fortgeschrittenen Stadium festgestellt wurde. Es tat ihm sehr leid, es Erika so gesagt zu haben, aber wozu jetzt in dieser schweren Situation auch noch lügen.

Erschüttert von dieser Botschaft, sagte Erika Roberto gleich zu, daß sie den nächstmöglichen Flug buchen wird, um schon am Krankenbett zu sein, wenn ihre Tochter aus der Narkose erwacht. Sie rief sofort beim Reisebüro an, und es klappte. Sie konnte schon am nächsten Morgen fliegen. Das teilte sie Roberto unverzüglich mit. Danach rief sie sofort bei Siegfried an. Er hatte noch keine Karten für Silvester besorgt, wollte es aber gleich jetzt tun. Enttäuscht und erschrocken nahm er Erikas schlimme Botschaft zur Kenntnis. „Selbstverständlich gehörst du ans Krankenbett deiner Tochter. Wir werden Silvester eben später nachfeiern, wenn alles gut überstanden sein wird. Und das neue Jahr feiern wir dann ebenfalls nach, dazu haben wir dann ja noch eine ganze Weile. Gibst du mir die Telefon-Nummer deines Schwiegersohnes, Erika, damit ich dich dort anrufen kann?" Erika holte ihr Telefonbüchlein und sagte Siegfried die Nummer an. Beide waren sie sehr traurig, weniger um ihre ausfallende Silvesterfeier, als um das Schicksal von Sandra.

Erika hatte sehr unruhig geschlafen, war mehrmals aufgewacht. Im ersten Moment dachte sie noch, es war ein böser Traum, doch gleich hatte die Wirklichkeit sie wieder. Erika mußte sehr früh aufstehen. Sie hatte aber gestern schon alles eingepackt und die Reisekleidung bereitgelegt, so, daß es jetzt sehr schnell gehen konnte. Bei Lotti hatte sie auch gestern noch angerufen.

Sehr schnell war Erika reisefertig und rief ein Taxi. Kaum hatte sie ihren Mantel und die Schuhe an, da war das Taxi auch schon da. So war sie sehr zeitig am Flughafen. Sie wollte keinesfalls den Flieger verpassen, lieber etwas länger warten.

Der Flug verlief gut, aber Erika fühlte sich schrecklich, zwischen Hoffnung und Verzweiflung. Sie wußte, daß immer wieder auch junge Frauen an Brustkrebs sterben mußten. Sie bangte um das Schicksal ihrer einzigen Tochter.

Die Landung war pünktlich erfolgt. Roberto erwartete Erika bereits. Sie fuhren sofort ins Krankenhaus. Sandra wurde gerade aus der Narkose geweckt. Sie befand sich auf der Intensivstation. Erika und Roberto durften heute noch nicht zu Sandra. Ihnen wurde versprochen, daß sie morgen ganz kurz zu ihr dürfen, heute keinesfalls. „Leider mußten wir Ihrer Frau eine Brust amputieren. Sie werden sich damit abfinden müssen“, sagte der Professor zu Roberto. Roberto antwortete unter Tränen: „Selbstverständlich kann ich mich damit abfinden, keine Frage. Was soll diese Frage überhaupt? Das Allerwichtigste ist doch, daß meine liebe Frau überleben wird, daß sie nicht schon so jung sterben muß. Können Sie mir das versprechen?“ – „Nein, das kann ich nicht. Wir werden alles, was uns möglich ist, für Ihre Frau tun“ antwortete der Professor. Erika und Roberto nahmen sich in die Arme und weinten. Sie wollten sich gegenseitig trösten. Doch wie kann man in solch’ einer Situation trösten? Das geht nicht, man kann nur hoffen.

Kaum waren Roberto und Erika zu Hause, hatten einen heißen Tee getrunken, da rief Siegfried auch schon an: „Wie geht es dir, meine liebe Erika? Ist deine Tochter schon operiert? Hast du sie schon sehen und mit ihr sprechen können?“ Erika schluchzte, sie konnte die Tränen nicht bändigen. Sie beantwortete Siegfrieds Fragen nur ganz kurz und beendete das Gespräch: „Ich kann heute nicht mehr sprechen. Ich fühle mich schrecklich.“

Roberto und Erika sind dann bald ins Bett. Sich gegenseitig zu trösten, gelang sowieso nicht, bei solchem Versuch kamen die Tränen nur noch heftiger. Roberto hatte nur noch schnell seine Eltern angerufen. Er konnte heute nicht hingehen, weil ja auch seine beiden Kinder dort waren. Er hätte heute ganz sicher auch in Gegenwart der Kinder weinen müssen, das aber wollte er den Kindern nicht antun. Sie waren bei Oma und Opa, waren immer sehr gerne dort. Den Kindern wurde erklärt, daß die Mutti im Krankenhaus bald wieder gesund sein und nach Hause kommen würde. Dabei sollte es für die Kinder auf jeden Fall bleiben, die Großeltern wollten es so und Roberto auch, und alle hofften, daß es auch so sein wird.

Erika ist sehr spät eingeschlafen, und sie schlief auch sehr unruhig. Roberto ging es genauso. Am Morgen bemühten sich beide, ein kleines Frühstück zu sich zu nehmen, obwohl ihnen gar nicht danach zumute war, aber sie wollten sich nicht gegenseitig alles noch schwerer machen, als es ohnehin schon war. Roberto rief dann auch gleich im Krankenhaus an. Ihm wurde gesagt – Sandra geht es den Umständen entsprechend gut. Heute nachmittag dürfen Ehemann und Mutter kurz zu ihr. Wenigstens diese kleine Freude hatten sie jetzt, und sie verbanden soviel Hoffnung damit.

Wesentlich früher als zur angegebenen Zeit waren Roberto und Erika im Krankenhaus. Sie mußten warten, konnten aber noch kurz den zuständigen Arzt sprechen und wenigstens erfahren, daß die Operation problemlos verlaufen sei, und daß es Sandra den Umständen entsprechend gut gehe, ihr Zustand sei stabil. Dann war es endlich soweit. Sie durften jetzt Sandra sehen, wenn auch nur kurz. Roberto drückte ihre Hand, gab ihr ein Küßchen, dann mußte er sich erst einmal die Tränen trocknen. Erika brachte auch nur die von Tränen fast erstickten Worte heraus: „Wie geht es dir, mein Kind?“ Sandra antwortete tapfer: „Gut, Mutti.“ Roberto und Erika wünschten Sandra alles Gute, daß sie recht bald gesund werden und nach Hause kommen möge. Sandra lächelte die beiden tapfer an, um ihnen glaubhaft zumachen, daß es ihr gut geht, obwohl es so gar nicht stimmte, aber sie wollte ihre Liebsten nicht so traurig machen, und Hoffnung gab es ja auch noch, wie ihr der Professor bestätigt hatte. Roberto und Erika durften heute nur wenige Minuten bei der Kranken bleiben, morgen vielleicht schon etwas länger, wurde ihnen in Aussicht gestellt. Sie sollten nun gehen. Traurig, aber immerhin doch hoffnungsvoll sind Roberto und Erika nach Hause gefahren. Unterwegs kaufte Erika noch schnell ein paar Kleinigkeiten für ihre beiden Enkelkinder. Doch heute fühlte sie sich noch nicht imstande, die Enkelkinder bei Robertos Eltern zu besuchen. Sie hatte Angst, daß sie ihre Tränen noch nicht bezwingen kann, daß sie vor den Enkelkindern weinen würde. Roberto ging schnell alleine zu seinen Kindern und seinen Eltern. Er bestellte Grüße von der Mutti an die Kinder, an Oma und Opa natürlich auch. Die Kinder fragten dann auch nach Oma Erika. Der Papa antwortete, daß sie so heftige Kopfschmerzen von der Reise hat und erst einmal ins Bett mußte. Er versprach den Kindern, daß Oma Erika sie morgen ganz bestimmt besuchen wird, was sie dann auch tat. Das mit den Kopfschmerzen war nicht einmal eine Notlüge, die hatte sie wirklich. Der Schreck über Sandras Schicksal, diese traurige Nachricht, der Flug, die noch recht fragwürdigen Worte des Professors, all das konnte Erika nicht so schnell bewältigen.

Während Roberto bei den Eltern und seinen Kindern war, hatte Erika schnell ein paar kleine Häppchen zubereitet und dann auch Tee aufgebrüht. Auch wenn Roberto ihr, bevor er ging, sagte, sie braucht für ihn nichts herrichten, tat sie es doch und redete ihm jetzt gut zu, wenigstens eine Tasse Tee und etwas von den kleinen Häppchen zu sich zu nehmen, schließlich tat er es dann auch, Erika ebenfalls. Bald rief auch schon Siegfried an. Heute schaffte Erika es, ein paar Sätze mit ihm zu sprechen, ohne zu weinen.

Am nächsten Tag mußte Roberto wieder zur Arbeit. Er dankte Erika sehr, daß sie gekommen war, daß sie Sandra täglich im Krankenhaus besuchen wird. Erika versprach Roberto, daß sie solange bleiben wird, wie sie gebraucht wird, auf jeden Fall bis Sandra aus dem Krankenhaus wieder zu Hause sein wird. Das hatte sie Siegfried am Telefon auch schon so gesagt, und sie bat ihn, das Lotti auch mitzuteilen. Siegfried hatte volles Verständnis dafür, daß er zunächst auf seine Erika verzichten muß, wenn es andererseits auch sehr schwer fiel.

Erika war täglich bei Sandra im Krankenhaus. Sandra zeigte sich sehr tapfer und optimistisch. Darüber freute sich Erika unsagbar.

Inzwischen war der Silvesterabend da. Robertos Eltern hatten ihn und Erika zum Abendessen eingeladen. Roberto konnte an diesem Tag schon mittags von der Arbeit kommen, so daß er nachmittags mit Erika zusammen im Krankenhaus sein konnte, um Sandra zu besuchen. Sie durften inzwischen auch schon länger dort bleiben, Sandra war nicht mehr auf der Intensivstation. Und die Tränen konnten sie inzwischen auch schon unterdrücken, wenn sie auch ab und zu unbedingt fließen wollten. Verständlich, es waren ja erst wenige Tage vergangen, seit Sandra operiert worden war. Aber es ging wirklich aufwärts mit ihrem Zustand. Sandra scherzte: „In drei Tagen werde ich wieder zu Hause bei euch sein.“ Alle drei strahlten sich glücklich bei diesen Worten an, wenn es jetzt auch erst einmal nur ein Scherz war. Die Besuchszeit verging leider wieder viel zu schnell, aber Sandra mußte sich noch schonen. Morgen durfte ihr Besuch wiederkommen, und wieder wurden ein paar Minuten mehr in Aussicht gestellt.

Der Silvesterabend bei Robertos Eltern verlief auch schon ein wenig fröhlich. Alle bemühten sich, schon der Kinder wegen. Die Kinder spielten und tollten übermütig umher. Sie freuten sich, daß die Mutti bald wieder gesund sein und nach Hause kommen wird. Aber bei Oma und Opa bleiben wollten die beiden dann trotzdem gerne noch länger. Das war für alle Beteiligten gut so, denn Sandra soll ja nach dem Krankenhausaufenthalt in eine Reha-Klinik. Die Kinder durften an diesem Silvesterabend etwas länger aufbleiben und freuten sich darüber. Als sie dann endlich schliefen, haben die Erwachsenen sich noch ein wenig unterhalten und zur Begrüßung des neuen Jahres mit einem Gläschen Sekt angestoßen. „Auf Sandra, daß sie bald wieder nach Hause kann, und vor allem, daß mit der Operation der Krebs besiegt wurde. Möge ihr die Chemotherapie und die anschließende Bestrahlung nicht so viele scheußliche Nebenwirkungen bringen. Und sie soll bei allem so tapfer und optimistisch bleiben, wie sie jetzt ist.“ Diese und ähnliche Wünsche wurden immer wieder ausgesprochen. Dann gingen Roberto und Erika auch bald zu sich nach Hause. Dort klingelte schon das Telefon. Siegfried wollte unbedingt seiner Erika und all ihren Lieben alles Gute für das neue Jahr wünschen. Er faßte sich kurz, weil ja die Telefonleitungen heute von vielen Menschen gebraucht werden, die ihren Lieben ihre Wünsche für das neue Jahr übermitteln wollen. Er war taktvoll und hat die Frage, wann Erika wieder nach Haus kommen wird, nicht gestellt, obwohl er es gerne wollte. Er sehnte sich sehr nach seiner Erika, was umgekehrt keinesfalls anders war.

Der Neujahrstag ist auch sehr schnell vergangen. Roberto und Erika waren selbstverständlich wieder bei Sandra im Krankenhaus, sie durften heute länger bleiben. Sandra konnte heute während der Besuchszeit aufstehen und auch das Krankenzimmer schon kurzzeitig verlassen. So begaben die drei sich aus dem Krankenzimmer hinaus in die Sitzecke. Dort war alles sehr gemütlich gestaltet. Man fühlte sich wie in einem Wohnzimmer. Zwei schöne große Fenster,

Grünpflanzen, Bilder an den Wänden und bequeme Sitzmöglichkeiten sorgten dafür. Es konnten dort drei Familien durch die Grünpflanzen getrennt Platz finden. Und es war in diesem geräumigen Flur nicht die einzige Sitzecke dieser Art. Und wieder war die Besuchszeit viel zu schnell vergangen, aber heute eben viel hoffnungsvoller als sonst.

Bei Robertos Eltern und den Kindern waren Roberto und Erika anschließend auch wieder. Selbstverständlich erzählten sie auch gleich, wie gut es Sandra schon geht, wo sie heute die Besuchszeit verbringen konnten. Roberto und Erika gingen dann auch bald heim, denn Roberto mußte sehr früh zur Arbeit.

Erika besuchte ihre Tochter weiterhin täglich im Krankenhaus. Sie freute sich, daß es ihr immer besser ging. Anschließend ging Erika immer noch auf ein Stündchen zu ihren Enkelkindern bei Robertos Eltern. Erika freute sich, daß es so nette Leute sind und die Kinder sich dort so wohl fühlen. Am vormittag, wenn Roberto zur Arbeit war, erledigte Erika kleine Arbeiten im Haushalt, machte die Wäsche, kochte für Roberto schmackhaftes Essen, worüber er sich immer sehr freue, wenn er von der Arbeit kam. Kuchen hatte Erika auch wiederholt gebacken und für Sandra etwas davon mit ins Krankenhaus genommen, den Enkelkindern und deren Großeltern brachte sie auch Kostproben von ihren selbstgebackenen Kuchen. Die Tage vergingen immer sehr schnell.

Auf dem Hinflug hatte Erika gedacht, daß sie mehrere Monate hier gebraucht werden würde, doch, es sind nur Wochen geworden. Sandra kam früher aus dem Krankenhaus als sie alle vorher zu hoffen gewagt hatten. Sandra mußte noch in die Reha-Klinik, die Kinder blieben bei den Großeltern, und das sehr gerne. Das war für alle gut so. Roberto ging abends nach der Arbeit auch jeweils ein Stündchen hin, so, daß Erika nun ganz beruhigt an ihre Heimreise denken konnte. Sie hatte auch schon sehr große Sehnsucht nach ihrem Siegfried und nach ihrem Zuhause überhaupt, aber auch nach der Freundin Lotti und ihrer kleinen Trixi.

Erika hatte nun ihren Heimflug gebucht. Siegfried wußte Bescheid. Er wollte Erika auf jeden Fall vom Flughafen abholen. Das tat er dann auch. Erika hatte einen guten Flug. Ihre Begrüßung war sehr herzlich und voller Sehnsucht. Wegen Sandras Gesundheit war Erika inzwischen sehr optimistisch, was sie auch gleich ihrem Siegfried mitteilte. Siegfried freute sich, daß alles so gut gelaufen war.

Er als Arzt wußte sehr wohl, wieviel Leid es unter den Frauen gab, die Pech hatten, von dieser bösen Krankheit heimgesucht zu werden. Er wußte auch zu genau, daß, wenn der Heilungsprozeß auch positiv verläuft, die große Gefahr noch nicht vorbei ist. Doch darüber sprach er jetzt nicht mit Erika, er freute sich, daß sie optimistisch ist. Siegfried wollte seine Erika noch zu einem Willkommenessen in ihr Lieblingslokal einladen, doch Erika wollte nach Hause. Siegfried hatte Verständnis dafür, denn sie war ja mehrere Wochen weg gewesen.

Kaum zu Hause angekommen hatte Erika erst einmal das Bedürfnis, durch ihr ganzes Haus zu laufen, die Wiedersehensfreude mit ihrem Zuhause zu genießen. Das stimmte sie auch ein wenig froh. Siegfried hatte inzwischen für jeden eine kleine Pizza bestellt, die aßen sie beide gerne. Es dauerte nicht lange, da klingelte der Pizzadienst auch schon, und es duftete appetitlich. Die beiden schmatzten genüßlich ihr Abendbrot hinunter und gönnten sich auch noch ein Plauderstündchen, aus dem dann zwei wurden. Da Siegfried für den nächsten Tag, es war Samstag, keine Sprechstunden hatte, auch keine Patienten außer der Reihe angemeldet waren, und er dieses Wochenende auch keinen Bereitschaftsdienst hatte, durfte es heute schon etwas später werden. Aber irgendwann war es dann doch Zeit, sich zu verabschieden, Erika war sehr müde. Sie hatten verabredet, daß Siegfried vormittags einkaufen geht, dann wollten sie in ihrem Lieblingslokal mittagessen, sich unterwegs etwas Leckeres mitnehmen und bei Erika Kaffee trinken. Sonntag wollte Erika dann wieder das Mittagessen selbst zubereiten und auch einen Kuchen backen. So hatten die beiden sich geeinigt, und bald hatten sie sich dann auch verabschiedet.

Der Samstag war ziemlich schnell vergangen. Erika hatte länger geschlafen, nach mehreren Wochen wieder im eigenen Bett, das war eben zu schön. Das Mittagessen in ihrem Lieblingslokal hatte, wie immer, vorzüglich geschmeckt. Sie nahmen sich etwas Kuchen mit, landeten damit aber nicht, wie vorher verabredet, bei Erika, sondern bei Siegfried, denn in seinem Kühlschrank befand sich noch der Einkauf, den sie holen mußten, weil Erika doch für Sonntag kochen und backen wollte. Also haben sie dann erst mal gleich bei Siegfried Kaffee getrunken und ihren Kuchen gegessen.

Bei Erika angekommen, alles im Kühlschrank verstaut, ein wenig geplaudert, mahnte Erika dann auch schon zur Verabschiedung, sie wollte den Kuchen noch heute backen, morgen das Mittagessen zeitig fertig haben, damit ihnen ein bißchen mehr vom Sonntag bleiben wird. Das mußte Siegfried einsehen. Sie verabschiedeten sich auch bald.

Das Sonntagsessen bei Erika war wieder hervorragend gelungen. Sie konnte sehr gut kochen und backen. Und zu erzählen hatten die beiden immer viel. Siegfried hatte schon sehr viel aus seinem Leben preisgegeben, nun war Erika an der Reihe, sie hatte von sich bisher kaum etwas erzählt. Noch heute wollte sie ihrem Siegfried alles aus ihrem Leben erzählen, besonders das aus ihrer Kindheit. So erzählte Erika ihrem Siegfried all das, was ihre liebe Mutti an ihrem Sterbebett Erika eröffnet hatte.

Siegfried war sehr betroffen von soviel Leid, von all dem, was Erika über ihre Eltern von Tante Agnes über ihr Leben erfahren hatte. Erikas Schicksal aus der Babyzeit, die Eröffnung ihrer Herkunft – soweit überhaupt bekannt – wie sie es am Sterbebett ihrer Mutti erfuhr, all das ging ihm sehr zu Herzen. Die immer wiederkehrenden Fragen, die Erika nicht losließen – „Wer bin ich? Wo komme ich her? Wer waren meine leiblichen Eltern?“ – beschäftigten nun auch Siegfried. Das alles war nun immer, wenn sie sich trafen, ihr Gesprächsstoff. Dann hatte Siegfried beschlossen: „Erika, mein Schatz, wir werden gemeinsam diese Fragen klären, es zumindestens versuchen, Antworten zu finden das versprech’ ich dir. Allerdings werde ich mich nicht einmischen, wenn du es nicht willst. Ich möchte dir aber sehr gerne helfen. Wenn du es willst, werde ich mit einem alten Freund beim Fernsehen reden, er wird bestimmt einen Weg finden.“ Erika war einverstanden. Dankbar lächelte sie ihren Siegfried an. Schließlich hoffte sie auf ein Wunder, was ihr andererseits allerdings keineswegs realistisch erschien. Trotzdem gab sie die Hoffnung nicht auf. Erika freute sich sehr, daß Siegfried die Sache ihrer Herkunft in die Hand nehmen wollte.

Kaum hatte Siegfried seinem Freund beim Fernsehen alles erzählt, da hatte dieser auch schon gleich eine Idee, in die er große Hoffnung setzte. Das Foto mit dem jungen Hochzeitspaar, das sich in dem goldenen Herzchen befand, das Erika als Baby bei ihrer Rettung an einem verknoteten goldenen Kettchen um den Hals trug, sollte mit einem kleinen Text als Suchmeldung in einer beliebten Fernsehsendung gebracht werden. Soweit stand alles fest.

Der Rest des Monats Februar war sehr schnell vergangen, nachdem Erika von Italien zurück war. Sandra ist in der Reha-Klinik und schreibt fleißig Briefe und Karten an ihre Mutti, und immer wieder schreibt sie, daß es ihr gut geht. Wie sehr freut sich Erika immer wieder darüber.

Inzwischen ist es fast schon Mitte März. In diesem Jahr zeigt sich der Frühling noch nicht so zeitig wie im vorigen Jahr. Erika erinnert sich jetzt täglich an die Zeit vor einem Jahr.

Obwohl Erika mit ihrem Siegfried ein neues Glück gefunden hat und schon ein ganzes Jahr seit Martins Tod vergangen ist, kann Erika an diesem Jahrestag ihre Trauer kaum bezwingen, sie ist sehr traurig. Auch an den folgenden Tagen will Erika alleine sein. Siegfried und auch Lotti akzeptieren das, wenn sie auch der Meinung sind, daß Erika jetzt nicht alleine sein sollte, bringen sie doch Verständnis dafür auf.

Mit vielen schönen Blumen war Erika an diesem traurigen Jahrestag zum Friedhof gegangen. Auch am Jahrestag der Beerdigung ging Erika mit Blumen zum Friedhof. All die schönen Blumen, die sie vor wenigen Tagen brachte, waren noch frisch. An Martins Grab sprach Erika laut vor sich hin: „Mein lieber Martin, heute vor einem Jahr bist du beerdigt worden, bist für immer von mir gegangen. Die Zeit danach ohne dich war so schwer und traurig für mich. Der Frühling hatte sich im vorigen Jahr sehr beeilt, um mich mit viel Sonnenschein und blühenden bunten Blumen zu trösten. Vielleicht war es auch ein ganz klein wenig gelungen, aber es war immer wieder so schwer für mich, immer wieder habe ich geweint. Unsere Nachbarin, Frau Lehmann, die inzwischen meine liebe Freundin Lotti geworden ist, unsere Tochter und meine Jugendfreundin Gitti, alle waren sie sehr um mich bemüht, mich zu trösten und mir einzureden, daß ich meinem Leben wieder einen Sinn geben sollte. Doch ich war immer wieder traurig und weinte sehr viel. Später fand ich einen lieben Menschen. Ich habe mich längere Zeit gegen meine Gefühle für ihn gewehrt, ich wollte dir treu bleiben, es sollte keinen neuen Mann in meinem Leben geben. Bisher ist zwischen uns in dieser Hinsicht auch noch nichts geschehen, es ist eine saubere anständige Freundschaft. Siegfried ist sehr taktvoll, er bedrängt mich in keiner Weise, doch beide empfinden wir eine große Liebe füreinander. Und wir möchten zusammenleben. Kannst du mir das verzeihen, mein lieber Martin?“

Obwohl es so etwas doch nicht geben kann, hatte Erika eine so starke Empfindung; es war wie eine ausgesprochene Antwort von Martin: „Sei glücklich, meine liebe Erika, ich gönne es dir von Herzen.“

Erika kniete an Martins Grab, das sie mit so vielen bunten Blumen geschmückt hatte, nieder und sagte leise: „Ich danke dir, mein lieber Martin. Wie gerne hätte ich mit dir weitergelebt bis wir ganz alt geworden wären, aber es sollte eben nicht sein. Ich danke dir von Herzen.“ Dann stand Erika auf, trocknete ihre Tränen und ging erleichtert nach Hause.

Von nun an wollte Erika ihrem Glück keine Stolpersteine mehr in den Weg legen. Sie wollte ihre Gefühle für Siegfried jetzt zulassen, so, wie sie diese empfindet. Ja, sie fühlte sich erleichtert nach diesem Zwiegespräch am Grab von Martin. An diesem Tag ging Erika sehr zeitig zu Bett und schlief auch gleich ein. Sie stellte keinen Wecker für den nächsten Morgen. Sie schlief bis in den späten Vormittag hinein. Nach dem Frühstück ging Erika auf ein Plauderstündchen zu ihrer Freundin Lotti. Diese wollte gerade mit Trixi einen kleinen Spaziergang machen, also schloß Erika sich gleich an. Dann bestand Lotti darauf, daß Erika mit zu ihr geht, daß sie gemeinsam das Süppchen essen, das Lotti bereits gekocht hatte. Erika nahm diese Einladung dankend an. Nach dem Mittagessen folgte ein ausgiebiges Plauderstündchen, schließlich hatten sie sich einige Tage nicht gesehen, weil Erika doch darauf bestanden hatte, ein paar Tage allein zu sein zum Gedenken an ihren lieben Martin, der vor einem Jahr ganz plötzlich gestorben war. Die beiden Freundinnen tranken auch noch gemeinsam Kaffee. Lotti hatte eine Dose mit selbstgebackenen Keksen, die sie nun beide leerten.

Abends rief Erika dann bei Siegfried an, es war so ausgemacht, daß sie sich bei ihm meldet. Er hatte artig und geduldig, aber sehnsüchtig darauf gewartet. Erika lud ihn für den nächsten Abend zu sich ein, und Siegfried hat sich so sehr darüber gefreut. Er konnte am nächsten Abend die ausgemachte Zeit nicht mehr erwarten, entschuldigte sich bei Erika, daß er die letzte, halbe Stunde Wartezeit nicht mehr geschafft hat und schon zu früh hier angekommen sei. Erika ‚verzieh‘ ihm das, und sie begrüßten sich herzlich. Immer wieder nahmen sie sich in die Arme und küßten sich leidenschaftlich.

Endlich begaben sie sich in die Stube und setzten sich auf die Couch. Erika hatte schon den Tisch gedeckt, und ein sehr appetitliches Abendbrot stand bereit, also aßen sie dann auch gleich. Siegfried hatte sofort bemerkt, daß seine Erika irgendwie anders war als vor diesen Tagen, die sie alleine verbringen wollte. Aber er behielt diese Feststellung doch lieber taktvoll für sich.

Das Gespräch zwischen Erika und Siegfried galt heute der bevorstehenden Fernsehsendung.

Obwohl Erika und Siegfried es als sehr unwahrscheinlich empfanden, irgend etwas mit dieser Sendung zu erreichen, fieberten sie doch dieser Sendung sehnsüchtig entgegen.

Endlich war es dann soweit, daß im Fernsehprogramm die Sendung angekündigt war, in der auch ihre Suchmeldung gebracht werden sollte. War das aufregend. Lotti und Frank-Peter wußten auch Bescheid und warteten ebenso auf die Sendung. Sie trafen sich alle vier bei Erika, als die Sendung ausgestrahlt werden sollte. Immer wieder sahen sie auf die Uhr und zählten die Minuten, die bis zum Beginn der Sendung noch vergehen mußten. Sie machten sich keine großen Illusionen, aber ein wenig Hoffnung schon. Schließlich gab es da doch schon einige Erlebnisse, die wie Wunder wirkten. Mitunter fanden sich Menschen, die sich als kleine Kinder im Krieg verloren hatten, nach mehr als fünfzig Jahren. So manche Mutter fand eines ihrer verlorenen Kinder im hohen Alter wieder.

Die Fernsehsendung begann. Aufgeregt lauschten die vier erwartungsvollen Menschen, auf ein Wunder hoffend. Angespannt warteten sie auf den Beitrag. Dann endlich kam er. Fast hielten sie die Luft an, sie wagten kaum zu atmen, als das Hochzeitsbild über den ganzen Bildschirm vergrößert erschien. Während der Moderator noch ein paar Worte zur Suchmeldung sprach, hob im Publikum ein Mann beide Arme und fuchtelte damit wild umher, er sprang dann auf, um gesehen zu werden. Die Kamera blendete diesen Mann ganz groß ins Bild ein. Der Moderator eilte zu ihm und sagte, daß er gleich einige Worte sagen darf, und er reichte ihm das Mikrofon. Es war offensichtlich, daß dieser Mann etwas sehr Wichtiges sagen wollte und daß ihn das gezeigte Hochzeitsbild sehr bewegt hatte. Der Moderator hoffte jetzt auf ein Wunder, und – es geschah. „Ab heute glaube ich an Wunder“, sagte dieser aufgeregte Mann ins Mikrofon. „So ein Bild, schon vergilbt und verschlissen, trägt mein Vater ständig bei sich, und sehr oft schaut er es sich noch immer mit Tränen in den Augen an, es ist sein Hochzeitsbild." Der Mann ließ sich auf seinen Platz nieder und weinte Freudentränen. Der Moderator sagte diesem Mann, daß er nach der Sendung, also in wenigen Minuten, zu ihm kommen möge, um weiteres zu besprechen. Er begab sich wieder zur Bühne und erklärte dem Publikum das, was sich soeben ereignet hatte. Es gab nicht enden wollenden Beifall im Saal, und viele Menschen weinten vor Ergriffenheit und Freude. Das Publikum erhob sich von den Plätzen und applaudierte immer heftiger. Das war dann auch der Abschluß dieser Sendung.

Siegfried, Lotti und Frank-Peter, alle umarmten sie Erika und gratulierten herzlich. Und alle vier mußten sich ihre Freudentränen ganz schnell trocknen. Von nun an wollten sie an Wunder glauben. Sie hatten begriffen, daß der aufgeregte Mann in der Fernsehsendung ein Bruder von Erika sein mußte, und der Mann, der dieses Hochzeitsbild, sein Hochzeitsbild, besaß, das kann doch nur Erikas leiblicher Vater sein. Immer wieder umarmten sie sich, und immer wieder kamen die Freudentränen. Dann haben Lotti und auch Frank-Peter, der noch eine gute Autostunde zu fahren hatte, sich verabschiedet.

Lotti und Frank-Peter hatten sehr wohl gefühlt, daß es jetzt taktvoll war, die beiden verliebten Menschen mit dieser großen Freude alleinezulassen.

Nun waren Erika und Siegfried alleine mit diesem unsagbar schönen Erlebnis. Erika umarmte ihren Siegfried, dankte ihm für seine Unterstützung, die doch zu diesem Ergebnis geführt hatte, und sagte dann: „Das müssen wir feiern, mein lieber Siegfried. An solch ein Ergebnis habe ich nicht zu hoffen gewagt. Ich hatte versucht zu hoffen, daß ich etwas erfahren könnte, daß es vielleicht jemanden gibt, der diese beiden jungen Leute auf dem Hochzeitsbildchen erkennt, daß es meine leiblichen Eltern sind, daß ich etwas über sie und somit über meine Herkunft erfahren könnte. Und nun weiß ich, daß mein Vater noch lebt und daß ich einen Bruder habe. Nun werde ich meinen Namen, meinen Geburtstag und –ort erfahren können. Ich werde meinen Vater und meinen Bruder kennenlernen. Siegfried, mein Lieber, ich freue mich so sehr." Erika und Siegfried umarmten sich immer wieder und mußten auch immer wieder Freudentränen trocknen. Sie feierten dieses märchenhafte Erlebnis mit einer Flasche Sekt und vielen Liebkosungen. Siegfried, der bisher immer taktvolle Zurückhaltung geübt hatte, um ihre zarte Liebe nicht zu zerbrechen, war jetzt am Ende seiner Beherrschungskunst. Wie sehr hatte er sich danach gesehnt, seine Gefühle für Erika nicht immer wieder bremsen zu müssen. So geschah es, daß sie sich näher kamen.

Diese beiden verliebten glücklichen Menschen verlebten eine zärtliche, aber auch leidenschaftliche Nacht miteinander. Sie schworen sich ewige Treue. Und sie beschlossen, bald zu heiraten.

Doch zuerst stand jetzt etwas anderes auf dem Programm. Sie konnten es kaum erwarten, Erikas Vater und Bruder kennenzulernen.

Gleich nach dem Frühstück rief Siegfried seinen Freund an. Auch er war bei dieser Fernsehsendung im Saal gewesen. Gerührt erlebte er dieses Wunder mit. Er versprach Siegfried, ihn schnellstens anzurufen, sobald er Näheres erfahren würde. So geschah es dann auch gleich am Montag. Es war alles sehr spannend und aufregend. Zuerst hatten die Leute vom Fernsehen überprüft, ob dieser aufgeregte Mann in der Sendung die Wahrheit gesagt hatte, denn allen kam es wie ein Wunder vor, das kaum glaubhaft erschien. Dann suchten sie den alten Herrn im Pflegeheim auf und verglichen die Hochzeitsbilder. Sie stimmten überein. Und das wurde Siegfried und Erika unverzüglich mitgeteilt, dazu die Anschrift des Pflegeheimes.

Siegfried nahm eine Woche Urlaub, um seiner Erika bei all den unglaublichen, freudigen Ereignissen zur Seite stehen zu können. Erika wollte es gerne so. Siegfried hatte eine Arzt-Praxis aufgesucht, in der es zwei praktizierende Ärzte gab, mit denen er befreundet war. Er erzählte ganz kurz, und sofort begab sich einer von ihnen für eine Woche Vertretung in die Praxis von Siegfried. Erfahrene Schwestern fand er dort erfreulicherweise vor. Siegfried konnte ganz beruhigt eine Woche Urlaub machen.

Nach einem kurzen Telefongespräch mit der Leiterin des Pflegeheimes, fuhren Siegfried und Erika dort hin.

Das Personal des Pflegeheimes hatte in Windeseile einen kleinen Imbiß gezaubert, festlich die Tische gedeckt, Kaffee und Kuchen und belegte Schnittchen wurden aufgetragen. Alle Bewohner dieses Heimes, mit Ausnahme der wenigen bettlägerigen, verwirrten alten Leute, hatten sich schöngemacht und Platz genommen, sie wollten alle dabei sein bei diesem Märchen, das doch Wirklichkeit ist. An der Stirnseite der langen Tafel saß ein glücklicher alter Herr und trocknete immer wieder seine Freudentränen, denn er wußte – gleich geht die Tür auf, und die Leiterin des Heimes wird seine verloren geglaubte Tochter zu ihm bringen. Er hatte sie nur einmal kurz nach der Geburt bei einem Kurzurlaub von der Front gesehen. Aus einer Ecke erklang ganz leise angenehme Musik. Die Tür ging auf. Die Leiterin des Heimes trat ein, an ihrer Seite Erika und Siegfried. Erika breitete ihre Arme aus und eilte zu dem Herrn an der Stirnseite der Tafel, ihrem Vater, den sie zum ersten Mal in ihrem Leben sah, sie umarmte ihn und weinte. Der alte Mann konnte nur noch sagen: „Ich kann es nicht fassen, daß ich noch so ein traumhaftes Wunder erleben darf. Jetzt kann ich in Ruhe sterben, mein Kind." Schluchzend sage Erika: „Das darfst du nicht, mein lieber Papa. Es gibt noch soviel zu erzählen und zu erleben für uns."

Inzwischen war auch der Mann, der in der Fernsehsendung aufgesprungen war, als er das Hochzeitsfoto seines Vaters dort gesehen hatte, eingetroffen. Jetzt nahm er Erika in die Arme, drückte sie an sich und sagte: „Schwesterchen, ich freue mich ja so, daß es dich gibt. Bisher war ich ohne Schwester, nur einen Bruder hatte ich." Das Wörtchen ‚hatte' hat Erika bei all der freudigen Aufregung gar nicht wahrgenommen. Dann endlich konnte Erika ihren Siegfried vorstellen.

Die Leiterin forderte nun alle auf, einen kleinen Imbiß zu sich zu nehmen. Kaffee wurde eingeschenkt, einige entschieden sich für Tee. All die alten Leutchen hatten glänzende Augen, und vielen kullerten einige Freudentränen aus den Augen über die Wangen hinunter, bevor sie sie mit dem Taschentuch trocknen konnten. Alle waren so gerührt von diesem Ereignis, von diesem traumhaften Wunder. Sie freuten sich mit für diese glücklichen Menschen, die sich nach so vielen Jahren finden konnten.

Schon am Abend während der Fernsehsendung, als dieses Wunder geschah, zeigten die Bewohner ihr Mitgefühl. Alle kannten dieses Hochzeitsfoto. Als es dann in der Sendung in Großformat erschien, schrie der alte Herr: „Meine Frau lebt doch noch." Dann hörte er die Worte des Moderators, die Suchmeldung, und wieder schrie der Mann: „Mein kleines Töchterchen hat auch überlebt." Doch alle Heimbewohner wußten, daß seine Frau, sein Lieschen, ertrunken war, und das Baby natürlich auch, wie hätte es auch überleben sollen, es war erst wenige Monte alt. Und nun passierte das. Die alten Leutchen verstanden das alles anfangs nicht, es war ein Märchen, ein Wunder. Aber nun gab es diese Suchmeldung wirklich. Das Hochzeitsbild wurde um ein Vielfaches vergrößert in der Sendung ausgestrahlt. Und nun war die Tochter dieses alten Herrn leibhaftig hier. Schon während der Sendung hatten alle dem alten Herrn ganz herzlich gratuliert, daß er nun mit 88 Jahren Vater geworden war.

Plötzlich stimmten einige der alten Damen an: „So ein Tag so wunderschön wie heute, so ein Tag, der dürfte nie vergehen ...“ Alle sangen mit.

Doch bald ermahnte die Leiterin des Heimes zum Aufbruch für heute. Der alte Herr mußte ins Bett gebracht werden. Ihr war nicht entgangen, daß er sehr erschöpft war und es mit Mühe nur noch schaffen konnte, dieses außergewöhnliche Erlebnis durchzuhalten. Er bekam ein Beruhigungsmittel und schlief sofort ein. Erika und Siegfried hatten ihm zuvor noch ganz fest versprochen, daß sie ihn gleich am kommenden Wochenende zu sich holen werden, und nicht nur ihn, alle wollen sie sich treffen, die zur Familie gehören. Er hatte sich sehr darüber gefreut und sich glücklich und zufrieden ins Bett bringen lassen.

Die Heimleiterin zog sich noch zu einem kurzen Gespräch mit Erika, Robert und Siegfried in ihr Büro zurück. Die Heimbewohner erbaten sich noch die Erlaubnis für ein Gesangsstündchen, sie waren alle so glücklich, denn sie hatten den alten Herrn alle sehr gerne. Die meisten von ihnen haben damals bitterlich geweint, als der alte Herr vor zwei Jahren ins Heim eingezogen war und ihnen seine Lebensgeschichte erzählt hatte. Sie lebten hier alle miteinander wie eine große Familie.

Die Leiterin des Heimes hatte Erika und Siegfried noch einige Informationen über Erikas Vater, über seinen Gesundheitszustand gegeben. Da er im Rollstuhl saß, weil er, bevor er in dieses Pflegeheim kam, beide Beine amputiert bekommen mußte, schon einen schweren Schlaganfall hatte, an zu hohem Blutdruck leidet, sei ein Wochenende außerhalb dieses Heimes ohne seine gewohnte Umgebung und ohne seine ärztliche Betreuung nicht ratsam. Damit hatte sich auch gleich die Frage, ihren Vater für ständig zu sich nach Hause zu nehmen, erledigt, das mußte und konnte Erika akzeptieren. Sie wollten ihn dann eben oft hier besuchen. Aber am kommenden Wochenende wollten sie ihn wenigstens ganz kurz bei sich haben, in Erikas Zuhause. Die Leiterin, die das verstehen konnte, versprach dann, daß Erikas Vater seitens des Heimes zu Erika und Siegfried gebracht und auch bald wieder abgeholt würde. Die notwendigen Medikamente und einige Hinweise dazu werden schriftlich mitgegeben. Ausreichende Ruhepausen mit Schlaf müssen garantiert sein, auch wenn er nur einen knappen Tag bei ihnen sein kann. Erika und Siegfried versprachen das.

Die drei glücklichen Menschen – Erika, Siegfried und Robert – bedankten sich bei der Leiterin des Heimes und verabschiedeten sich. Ein kleiner Bummel rund um das Heim und die nähere Umgebung gehörte noch zum Abschluß dieses unsagbaren Treffens.

Erika lud dann selbstverständlich auch Robert mit seiner Frau zum Wochenende zu sich ein. Robert nahm die Einladung dankend an und sagte nur noch, daß seine Frau zur Zeit mit einem gebrochenen Bein im Krankenhaus liegt, aber schon übermorgen mit Gehgips nach Hause kommen wird. „Unseren Bruder mit Frau bringst du auch mit, lieber Robert!“ sagte Erika. „Warum ist er eigentlich heute nicht hier bei uns?“ Darauf konnte Robert nur antworten, daß Erich, sein Stiefbruder, vor gut einem Jahr bei einem Verkehrsunfall ums Leben gekommen ist. Katrin, seine Frau, Roberts Schwägerin, hat den Schmerz noch immer nicht überwunden. „Dann bringst du auf jeden Fall Katrin mit, mein lieber Robert!“ ordnete Erika an, und sie brachte ihr Bedauern über diesen Schicksalsschlag zum Ausdruck. Robert freute sich: „Das wird Katrin in ihrer Einsamkeit und Trauer guttun, das wird sie ein wenig aufmuntern. Danke, liebe Erika.“

Bevor diese drei Menschen sich dann endgültig für heute verabschiedeten, jubelte Erika: „Das Leben kann so schön sein, meine Lieben.“ Siegfried und Robert konnten dem nur zustimmen. Dann ging es wirklich heimwärts.

Einen weiten Weg hatten Siegfried und Erika gar nicht. Sie waren in einer guten halben Stunde zu Hause. Erika wollte sich schon im Auto von Siegfried verabschieden, weil Siegfried früh gut ausgeschlafen und von all dem Erlebten ausgeruht seine Sprechstunde antreten muß. Doch Siegfried wies mit Nachdruck darauf hin, daß er eine Woche Urlaub hat. Das hatte Erika bei all den Freuden ganz vergessen.

„Also dann, mein lieber Siegfried, bring’ dein Auto in die Garage und bleib’ bei mir. Diesen wunderschönen Tag müssen wir wirklich noch feiern." Mit diesen Worten stieg Erika aus dem Auto und begab sich schon zur Haustür. Obwohl Erika und Siegfried sehr erschöpft und müde waren, dieser schöne Tag wurde noch mit einem Fläschchen Sekt gefeiert. Das Telefon klingelte schon wenige Minuten nach ihrer Ankunft, es war Frank-Peter, der wenigstens im Telegrammstil informiert werden wollte. Mit der Einladung für das kommende Wochenende beendete Erika das wirklich kurz ausgefallene Gespräch. Der junge Mann hatte freudig zugesagt.

Siegfried machte ein feierliches Gesicht und sagte: „Erika, meine Liebe, wollen wir das kommende Wochenende, den Treff deiner Familie, die ich gerne auch als die meine ansehen will, noch durch ein weiteres schönes Erlebnis krönen?" Erika jubelte: „Ja, egal was du jetzt vorschlägst, ich sage ja!" Mit den Worten: „Dann, mein Schatz, sind wir ab sofort verlobt", nahm Siegfried seine Erika in die Arme und küßte sie leidenschaftlich. Glücklich ließ Erika alles geschehen. Sie beschlossen sogleich, morgen schöne Verlobungsringe zu kaufen. Das wurde auch prompt am nächsten Tag nach dem Frühstück erledigt. Nun waren die beiden verlobt. Gefeiert wird am kommenden Samstag mit allen wiedergefundenen Familienangehörigen. Sie steckten sich die Ringe jetzt nur probehalber an, legten sie dann weg, um diese Überraschung für den Samstag im Familienkreis aufzuheben. Ansonsten war der ganze Tag mit immer wiederkehrenden Freudenausbrüchen über dieses traumhafte Wunder, das sie erleben durften, ausgefüllt. Des öfteren sagte Erika noch: „Siegfried, mein Lieber, das Leben kann so schön sein." Siegfried konnte das nur immer wieder bestätigen.

Die wenigen Tage bis zum Wochenende vergingen schnell. Es gab noch viel zu tun. Es wurde umfangreich eingekauft. Freitag holte Siegfried dann nur noch ein paar Kleinigkeiten, frisches Obst, und frische Backwaren, die wurden beim Bäcker für Samstag früh bestellt. Erika hat am Freitag fleißig Kuchen und Torten gebacken, aber Brot und Brötchen mußten dann Samstag frisch vom Bäcker kommen. Freundin Lotti hat Erika den ganzen Tag fleißig geholfen. Auch den Festtagsbraten hatten sie soweit vorbereitet, so daß Erika nicht soviel Zeit für die Zubereitung des Mittagessens brauchte. Sie wollte viel Zeit für die gefundenen Angehörigen haben. Erika konnte ihre Vorfreude kaum noch bändigen.

Frank-Peter kam schon am Freitagabend, er dachte, er könnte noch bei den Vorbereitungen helfen. Es wurde nur ganz kurz von dem ersten Familientreffen im Pflegeheim bei Erikas Vater berichtet. Dann wurde beschlossen, ganz zeitig schlafen zu gehen, damit sie gut ausgeschlafen und munter Samstag früh an die letzten kleinen Vorbereitungen gehen konnten.

Siegfried erhob sich als erster vom Frühstückstisch, um die Backwaren abzuholen. Frank-Peter fuhr mit, um ihm behilflich zu sein, damit sie schneller zurücksein könnten. Erika holte inzwischen schon alles aus dem Kühlschrank – Wurst, Käse, Eier und allerlei Leckereien zum Garnieren. Die beiden Männer waren sehr schnell zurück. Alle drei machten sich nun an die Arbeit, leckere belegte Brötchen und kleine Schnittchen zu fertigen. Dann deckten sie festlich den Tisch. Sie hatten den großen Eßtisch noch ausgezogen, damit es für sie alle sieben nicht zu eng würde, damit alle genug Platz haben. Es sah alles so festlich und lecker aus. Siegfried konnte gar nicht anders, er mußte einfach einige schöne Fotos davon machen. Erika deckte dann schnell noch alles mit Frischhaltefolie ab, falls die Lieben sich etwas verspäten sollten. Dann machte sie sich schön für ihren lieben Besuch. Auch die beiden Männer hatten sich festlich angezogen.

Und schon klingelte es an der Tür. Erika öffnete, bat die drei Angekommenen herein und hieß sie herzlich willkommen. Es war Robert mit seiner Frau Martina (mit Gipsbein und Krücken). Dann stellte Robert noch seine Schwägerin Katrin vor. Erika staunte, wie jung die beiden Schwägerinnen doch sind. Während sie sich noch in der Diele begrüßten und ihre Mäntel ablegten, traf auch schon das Fahrzeug vom Pflegeheim mit Erikas Vater im Rollstuhl ein. Der alte Mann strahlte glücklich und schämte sich nicht seiner Freudentränen. Übrigens mußten sie alle noch einige Freudentränen wegputzen. Alle waren so ergriffen.

Schnell entfernte Erika die Frischhaltefolie von all den mit appetitlichem Imbiß gefüllten Tellern und lud ihre Lieben zum Frühstück ein. Der Kaffee war auch schon fertig, das hatte Siegfried ganz fix besorgt. Sie langten alle tüchtig zu und strahlten sich immer wieder mit glänzenden Augen an.

Nach dem Frühstück durfte Erikas Vater als „Stubenältester" festlegen, was zuerst geschehen soll – Erikas Haus von innen und außen besichtigen oder die Lebenswege der Anwesenden erzählen. Der alte Herr wünschte letzteres. Erika sollte unbedingt zuerst erzählen und nichts auslassen. Erika wies darauf hin, daß es dabei aber auch Trauriges zu erzählen gibt. Der alte Herr wollte von seiner wiedergefundenen Tochter alles hören, was sie seit ihrer Geburt erlebt hatte, denn er hatte sie nur ein einziges Mal gesehen, da war Erika nur einige Tage alt.

Erika erzählte alles so, wie ihr Vater es wünschte. Immer wieder gab es Tränen der Rührung bei ihren Lieben, als Erika das, was sie über Tante Agnes‘ und ihre eigene Rettung wußte, erzählte. Auch als Erika vom Tod ihrer lieben Adoptiveltern erzählte, gab es eine traurige Situation, aber Erikas Vater hatte nun mal darauf bestanden, alles zu erfahren, und die andern wollten es auch. Über den Tod und die Beerdigung von ihrem geliebten Martin und ihre schwere Zeit danach, voller Trauer und Tränen, erzählte Erika nur mit ganz wenigen Worten. Alle hatten Verständnis dafür. Erika endete mit den Worten: „Wir sind heute hier nicht beieinander, um traurig zu sein. Trauer gibt es wohl im Leben eines jeden Menschen. Ich möchte euch daran erinnern, daß es sehr viel Schönes in meinem Leben gab, wovon ich euch auch erzählt habe. Nach meiner traurigen Zeit, dem Tod meines geliebten Martin, hat mich Siegfried wieder zum Leben erweckt. Meine Tochter, die Sandra, und die Freundinnen halfen nach besten Kräften dabei mit. Freuen wir uns doch jetzt alle über unser unsagbar schönes Erlebnis, daß wir uns alle gefunden haben.“

Es gab stürmischen Beifall für Erika, und alle stießen nochmals mit einem Gläschen Sekt an.

Dann sagte Erika: „Mein lieber Papa, du musst jetzt deine Medikamente nehmen und ein Stündchen ins Bett, ein wenig ausruhen und auch schlafen. Zum Träumen hast du ja jetzt schon genug Stoff.“ Siegfried und Frank-Peter brachten den alten Herrn zu Bett, und er schlief glücklich und zufrieden sofort ein.

Martina setzte sich auf einen Stuhl vor die Spüle und erledigte den Abwasch des Frühstücksgeschirrs. Das ließ sie sich nicht verbieten. Katrin trocknete ab, und Erika schälte Kartoffeln. Erika zeigte dann Katrin, wo das gute Geschirr steht. Katrin deckte den Tisch für das festliche Mittagessen. Erika bereitete das weitgehend vorbereitete Mittagessen zu, und Katrin trug es auf.

Unterdessen bediente der alte Herr schon die Klingel. Erika hatte kurzfristig im kleinen Gästezimmer, das jetzt für ihren Vater reserviert war, eine Klingel legen lassen. Die Klingel war nicht zu überhören. Siegfried und Frank-Peter stürmten hin, etwas erschrokken fragten sie den alten Herrn nach seinem Befinden. Die Antwort: „Mir geht es so gut wie schon lange nicht mehr. Ich komme mir vor wie in einem wunderschönen Märchen. Und ich möchte nichts, aber auch gar nichts verpassen. Oder habe ich das etwa schon?“ Siegfried beruhigte ihn sofort, daß er noch überhaupt nichts verpaßt hat. Sie halfen dem alten Herrn aus dem Bett, beim Anziehen und in den Rollstuhl, er war auch im Bad schnell fertig, hatte sich ein wenig frischgemacht nach seinem Schläfchen, und bald saß er als erster an der festlichen Tafel. Erika und Katrin trugen das Essen auf, auch Frank-Peter half dabei. Dann nahmen alle Platz, und genüßlich speiste die glückliche Gesellschaft. Erika konnte einfach nicht anders, sie „mußte“ wieder ihren Lieblingssatz hersagen: „Meine Lieben, das Leben kann ja so schön sein.“ Alle stimmten diesem Satz mit kräftigem Beifall zu. Es schmeckte ihnen hervorragend. Sie sparten nicht mit Komplimenten für Erika. Als alle dann mehr als satt waren, beeilte sich Robert mit einer wichtigen Wortmeldung: „Ich habe von all den Arbeiten noch gar nichts abbekommen. Jetzt bin ich dran, und ich erlaube keine Widerrede. Ihr bleibt alle am Tisch sitzen, und ich werde ganz alleine abräumen.“ Siegfried und Frank-Peter fügten hinzu: „Und wir beide übernehmen den Abwasch.“ Ja, alle waren mit diesen Aufgabenverteilungen einverstanden.

Danach übernahm Erika es, ihrem Vater, Robert und Martina sowie Katrin ihr Haus von innen und außen vorzuführen. Erikas neue Familie war begeistert. Und so wurde auch gleich ausgemacht, daß am folgenden Wochenende das Haus von Robert und Martina besichtigt werden würde, außerdem auch gleich Katrins Wohnung, die sich dort ganz in der Nähe befindet.

Danach fragte Erika: „Meine Lieben, wollen wir jetzt Kaffee trinken und Kuchen essen?“ Sie wusste, daß alle noch satt waren von dem schmackhaften und reichlichen Mittagessen. Eine entsprechende Antwort bekam sie dann auch von jedem.

Erikas Vater meldete sich zu Wort: „Ich denke, ich bin ‚Stubenältester‘ und darf festlegen, wann wir was machen wollen. Gilt das nicht mehr?“ Erika beeilte sich mit der Antwort: „Natürlich gilt das noch, ich hatte es doch gut gemeint. Was möchtest du denn jetzt gerne, mein lieber Papa?“ Der Papa wollte jetzt gerne seine Lebensgeschichte erzählen. Erika dachte innerlich nur: „Endlich werde ich alles über meine Eltern, über meine Herkunft erfahren.“ Sie konnte es kaum erwarten, hatte sich aber zurückgehalten, um ihren Vater nicht zu bedrängen.

Erikas Vater begann so: „Ja, meine lieben Kinder, ich darf doch auch dich, lieber Siegfried, so nennen, oder etwa nicht? Das Wort ‚Schwiegerkinder' mag ich überhaupt nicht, es klingt so fremd und unnahbar für mich. Und für dich, lieber Frank-Peter, möchte ich gerne der Opa sein. Bisher hatte ich nur eine Enkeltochter, die Michaela, und sie hat sich mir entzogen, hat sich in den USA verliebt, geheiratet, und nun wohnt sie dort. Heute konnte ich nun erfahren, daß ich eine zweite Enkeltochter habe, die Sandra in Italien, dazu ihren Mann, den Roberto als Enkelsohn, außerdem zwei kleine Urenkelchen. Und du, lieber Frank-Peter, bist ja auch mein Enkelsohn. Seid ihr damit einverstanden, wenn ich alter Mann das ab sofort so erleben möchte?"

Siegfried und Frank-Peter umarmten den alten Herrn, und Siegfried sagte: „Einverstanden, lieber Vater." Frank-Peter sagte: „Einverstanden, lieber Opa." Alle waren gerührt von dieser Situation.

Der alte Herr trocknete erst einmal seine Freudentränen, bevor er dann langsam weitersprach: „Kinder, ihr habt mich zum glücklichsten Menschen der Welt gemacht. Ich bin 88 Jahre, es kann jeden Tag zuende sein mit mir. Bitte trauert dann nicht um mich. Ich durfte durch euch noch so wunderschöne Stunden erleben. Dafür bin ich euch so sehr dankbar."

„Und nun zu meiner eigenen Lebensgeschichte, die für Robert, Martina und Katrin nichts Neues ist: Ich mußte wie alle jungen und alten Männer damals in den Krieg ziehen. Robert war noch sehr klein. Soldatenurlaub gab es nicht so oft, später Fronturlaub noch seltener. Die Feldpostbriefe erreichten uns auch oft später. Meine Frau, mein liebes Lieschen, teilte mir mit, daß wir voraussichtlich am 3. Mai 1944 ein zweites Kind haben werden. Da wir unseren Robert schon hatten, wollten wir sehr gerne ein Töchterchen haben, hätten uns aber über einen zweiten Sohn auch sehr gefreut, Hauptsache gesund sollte das Kind sein. Ja, meine liebe Erika, du Mai-Kätzchen, du hast dich beeilt und bist schon am 1. Mai auf die Welt gekommen. Ich kam zu deiner Geburt zu spät, du warst schon einige Stunden auf der Welt. Wie glücklich waren mein Lieschen und ich, dass wir ein gesundes Töchterchen bekommen hatten.

Mein Fronturlaub war sehr kurz, ich mußte schon am nächsten Abend zurück. Es war ein sehr schwerer Abschied. Jedesmal mußte man denken, es könnte der letzte Abschied sein.

Ich war mit unserem Nachbarn zusammen an der Front. Wir hatten das Glück, zusammen zu bleiben. Später hatten wir dann das Pech, zugleich schwer verwundet zu sein, und wiederum hatten wir Glück, daß wir nach langer Zeit im Lazarett überlebt hatten. Einige kleinere Wunden konnten bei uns beiden ganz schnell geheilt werden, leider nicht alle. Mein Kamerad verlor ein Bein. Meine beiden Beine konnten damals gerettet werden, allerdings hinkte ich von nun an etwas. Aber das nahm ich tapfer hin. Beide bangten wir um unsere jungen Frauen und um unsere kleinen Kinder, aber wir versuchten, uns gegenseitig zu trösten und Mut zu machen. Wir gaben die Hoffnung nicht auf.

Nur so halbwegs gesund schlugen wir uns mühsam nach Ostpreußen durch. Dort fanden wir nur noch die älteste Schwester meines Kameraden vor, die Berta, die mit ihren Kindern dort geblieben war. Nachdem ihr Mann schon vor längerer Zeit gefallen war, hat sie sich nach langer schwerer Trauer in einen Polen verliebt. Sie haben geheiratet und blieben dort. Dieser Mann ist den Kindern von Berta auch ein guter Vater. Die jüngere Schwester meines Kameraden, die Emmi, war wie die allermeisten Ostpreußen geflüchtet, allerdings auch erst sehr spät, mit Pferdewagen im kalten Winter über das große Wasser, über das Eis. Was dort alles passiert ist, weiß wohl jeder inzwischen. Von Berta hatten wir erfahren, daß Emmi mit ihrem kleinen Söhnchen, dem Erich, in Deutschland lebt. Berta wusste noch mehr, das merkten wir, aber sie sagte es nicht. Wenn wir sie bedrängten, fing sie jämmerlich an zu weinen, und wir gaben nach, so schwer es uns auch fiel. Wir wollten wissen, ob unsere Frauen und meine Kinder noch lebten und wo? Doch Bertas Tränen sagten uns, was wir nicht einmal denken wollten, und so versuchten wir trotzdem, immer noch zu hoffen.

Emmi hatte uns beide zu sich nach Norddeutschland eingeladen. Es war sehr schwierig, doch irgendwann sind wir dann dort angekommen. Wir hatten mit unserem Gesundheitszustand sehr viel Zeit dafür gebraucht, obwohl wir am liebsten, wenn wir es gekonnt hätten, gerannt wären, um endlich Klarheit über unsere Lieben zu bekommen, und sie vielleicht doch noch irgendwie zu finden. Ich wollte unbedingt alles wissen, selbst, wenn es sehr traurig war.

Ungewissheit ist noch viel schwerer als eine traurige Gewissheit, man quält sich zwischen Hoffnung und Verzweiflung über so manche schlaflose Nacht.

Bei Emmi angekommen, wurden wir ganz herzlich begrüßt von Emmi persönlich und von zwei kleinen Buben, einem noch sehr kleinen und einem etwas größeren. Auf den Größeren zeigend sagte Emmi: ‚Das ist dein Robert, lieber Günther.' – ‚Und wo ist mein Lieschen und das Baby?' fragte ich aufgeregt. ‚Mami ist ertrunken, ich habe es selbst gesehen', sagte mein Bübchen. Ich dachte, mein Herz bleibt stehen. Emmi bestätigte das, was mein kleiner Sohn gerade ausgesprochen hatte. Damit war ja nun auch das Schicksal von unserem Baby klar. Dann erklärte Emmi mir, wie das alles gewesen ist. Unser Robert saß bei Emmi auf dem Wagen, erfuhr ich, weil mein Lieschen zwei alte kranke Ehepaare mit auf den Wagen geladen hatte. Und Lieschen hatte auch noch das Baby, unsere kleine Erika. So hatte Robert bei Emmi einen sicheren Platz und konnte auch noch mit auf den kleinen Erich aufpassen, daß er nicht vom Wagen fällt. Emmi hatte genug damit zu tun, die Pferde möglichst sicher über das Eis zu lenken. Sie hatte nicht nur ihr Leben und das der beiden kleinen Jungen in der Hand, sondern auch das einer jungen Frau mit einem erst wenige Wochen alten Baby und das ihrer schwerkranken Schwägerin, der Frau meines Kameraden. Sie hatte die Flucht noch überstanden, ist dann aber bald gestorben. Wir waren so traurig, als Emmi uns das erzählt hatte, wir haben herzzerreißend geweint.

Plötzlich gab es über diesen Flüchtlingskolonnen auf dem Eis feindliche Tieflieger, die auch Bomben abwarfen. Einige Pferdewagen gingen mit den schreienden Menschen und Pferden mit allem unter, so auch der mit Lieschen. Heftig schluchzend sagte Emmi: ‚Ja, lieber Günther, wir hatten mitangesehen, wie der Wagen mit deinem Lieschen und dem Baby, sowie den alten kranken Menschen unterging. Ich konnte unser Pferd gerade noch bewältigen und einen Bogen lenken, sonst wären wir auch ertrunken. Das konnte auch nur gelingen, weil ich aus lauter Angst, daß das Eis all die schweren Lasten vielleicht nicht tragen könnte, einen großen Abstand gehalten hatte, wofür ich hineichend von den Leuten auf den folgenden Wagen beschimpft worden bin. Aber das war unsere Rettung. Damit konnte ich meinem und deinem Söhnchen, mir selbst und der jungen Frau mit ihrem Baby das Leben retten.'

Ja, liebe Erika, in dieser furchtbaren Situation, wo alles so schnell ging, hatte Emmi nicht wissen können, daß du als Baby wie durch ein Wunder gerettet werden konntest. Ich nahm meinen kleinen Robert auf den Arm, und wir weinten beide. Er war alles, was mir noch geblieben war Und ich war Emmi so dankbar, daß sie auch für Robert wie für ihren eigenen Sohn gesorgt hatte. Die beiden Jungen lebten wie Brüder.

Emmi hatte mit den beiden Buben zwei kleine Stuben, in der einen befand sich eine Kochecke. Sie schlief nun mit den beiden Jungen in dem einen Zimmer, das andere, was bisher Küche, Esszimmer und Aufenthaltsraum war, war nun auch noch Schlafraum für meinen Kameraden und für mich geworden. Die Leute, denen das Haus gehörte, die Emmi diese kleine Wohnung möbliert und auch noch mit Wäsche und etwas Hausrat zur Verfügung gestellt hatten, brachten jetzt auch noch eine alte Liege und eine Matratze sowie ein paar Decken für uns. Es war nun sehr eng, aber es ging. Die Matratze stellten wir am Tage hinter die Liege, so konnte man auf der Liege sitzen, und im Raum war es nicht ganz so eng.

Nach einigen Tagen Erholung konnten wir beide, mein Kamerad und ich, hier und da leichte Gelegenheitsarbeiten bekommen, etwas verdienen und so für unsere zusammengewürfelte Familie sorgen. Für eine feste Anstellung, für eine Arbeit bei Bauern oder in einer Fabrik waren wir mit unserem Gesundheitszustand beide nicht zu gebrauchen.

Emmis Bruder, also mein Kriegskamerad, verliebte sich bald in eine Witwe, die auch ihren Mann in diesem grausamen Krieg verloren hatte. Sie versuchten, sich gegenseitig zu trösten und sich ein neues spätes Glück miteinander aufzubauen. Sie heirateten, und er zog zu ihr.

Emmi und ich, und unsere beiden Buben, wir wurden auch eine Familie. Wir hatten bald das Glück, eine kleine 2 1/2-Zimmer-Wohnung zu bekommen, mit Küche und Bad. War das eine Freude. Wir hatten in aller Stille geheiratet. So hatten unsere beiden Buben Vater und Mutter. Ja, so lebten wir die Jahre dahin. Wir verstanden uns gut, hatten unsere Freude an den Buben, und es ging uns zunehmend besser. Obwohl Emmi und ich uns gut verstanden haben, die Trauer um mein Lieschen blieb in meinem Herzen, Emmi wußte das und hatte Verständnis dafür.

Unsere beiden Buben wuchsen zu recht ansehnlichen Jünglingen heran, denen es an Verehrerinnen nicht fehlte. Viele Mädchen bemühten sich um sie. Doch Robert, der ältere, wollte zuerst seine Ausbildung machen, Geld verdienen, emsig sparen, es irgendwann zu einem kleinen eigenen Häuschen bringen und erst dann eine Familie gründen. Der Jüngere, nahm sich in jeder Hinsicht ein Beispiel an seinem großen Bruder und machte es genauso. Nur statt einem kleinen Häuschen besaß er zusammen mit Katrin eine schöne Eigentumswohnung.

Robert hatte mit 38 Jahren sein Ziel erreicht. Zwar musste er noch eine Zeit lang zahlen für sein Reihenhäuschen, aber das war erträglich. Und genau zu der Zeit, als er sein Ziel erreicht hatte, lernte er seine nur halb so alte, richtig junge Martina kennen. Sie verliebten sich schnell, waren bald schon verlobt und ein Jahr später verheiratet. Anfangs schmiedete Robert sein Glück allerdings mit einer Notlüge. Er machte sich bei Martina vorerst zehn Jahre jünger. Sie hatte es ihm geglaubt. Er hatte Angst, daß dieses hübsche junge Mädchen ihn als einen ‚Opa' bezeichnen und ihn deshalb vielleicht nicht wollen würde. Er liebte sie doch so sehr und wollte mit ihr leben. Als Robert doch noch kurz vor der Verlobung seiner Martina die Notlüge beichtete, war das junge Mädchen schon etwas erschrocken und auch ein wenig eingeschnappt. Doch Robert erklärte ihr seine Gründe, und sie verzieh' ihm. Sie liebte ihren Robert auch sehr und nahm den großen Altersunterschied dann in Kauf.

Und daß unsere Katrin ihren geliebten Erich vor gut einem Jahr durch einen Verkehrsunfall verloren hat, wisst ihr schon. Wir waren alle sehr traurig über dieses Schicksal.

Nun habe ich wohl schon alles erzählt. Einen Satz noch, den ich auch nur schweren Herzens ausspreche: „Meine zweite Frau, die Emmi, ist leider vor acht Jahren gestorben. Ich lebte dann bei Robert, Martina und Michaela. Sie haben sich alle Mühe gegeben, daß es mir gut gehen sollte, sie haben mich sehr verwöhnt. Doch nach nur wenigen Jahren wurde ich sehr krank, und das Ergebnis seht ihr, ich habe beide Beine verloren und sitze seitdem im Rollstuhl. Nach langem Krankenhausaufenthalt und mehreren Wochen Reha-Klinik kam ich in das Pflegeheim, das ihr kennengelernt habt. Ich wurde sehr nett aufgenommen, es geht mir dort gut, wir leben wie eine große Familie. Alle nehmen am Schicksal der anderen Anteil, was einem immer wieder Trost und Kraft gegeben hat, wenn man das brauchte.

Mit einem kleinen Wunsch möchte in nun endlich meinen ,Vortrag' abschließen: Besucht mich ab und zu, dann bin ich wunschlos glücklich. Kinder, ich bin ja so froh, daß wir uns alle gefunden haben. Aber jetzt bin ich so erschöpft, daß ich ein wenig ausruhen, am besten ein Stündchen schlafen möchte."

Siegfried und Frank-Peter haben den Vater bzw. den Opa gerne ins Bett gebracht, und dieser schlief unverzüglich noch in ihrem Beisein zufrieden und glücklich ein.

Robert, Martina und Katrin fügten noch ein paar kleine Ergänzungen aus ihrem Leben hinzu. Ja, nun wussten alle so ziemlich alles voneinander. Jetzt fühlten sie sich noch mehr zusammengehörig. Alle waren glücklich. Es war auch niemandem entgangen, daß es da immer wieder verstohlene Blicke zwischen Frank-Peter und Katrin gab. Seine Lebensgeschichte zu erzählen, versprach Frank-Peter für den nächsten Treff. Damit waren alle einverstanden.

Erika fragte: „Wollen wir uns ein wenig die Beine vertreten, einen kurzen Spaziergang machen?" Alle waren dafür. Martina mit ihrem Gipsbein wollte natürlich hierbleiben, gleichzeitig auch da sein, falls der alte Herr schon sehr bald erwachen sollte, um ihm sagen zu können, daß die übrigen in nur wenigen Minuten wieder zurück sein werden. Alle waren einverstanden. Und sie hatten Wort gehalten und waren sehr bald zurück.

Nun wurde sogleich der Kaffeetisch gedeckt, Kaffee gekocht, Torten und Kuchen aufgeschnitten und aufgetragen, da klingelte es auch schon wieder. Siegfried und Frank-Peter übernahmen es unverzüglich, den Vater und Opa zu unterstützen, damit er recht bald am Kaffeetisch erscheinen konnte, denn er wollte nichts verpassen.

Als nun alle an der festlichen Kaffeetafel versammelt waren, leise Musik erklang, standen Siegfried und Erika auf, umarmten sich mit einem kleinen Küsschen und sagten ihrer versammelten Familie, daß sie jetzt noch etwas sehr Schönes diesem wunderschönen Tag hinzufügen möchten. Sie gaben ihre Verlobung bekannt, steckten sich die herrlich glänzenden, goldenen Ringe an und verkündeten, daß sie Ende Mai heiraten werden. Alle wurden schon heute herzlich zu einem traumhaft schönen Hochzeitsfest eingeladen.

Diese gelungene Überraschung wurde von allen bejubelt. Erika und Siegfried konnten sich nun kaum retten vor so vielen herzlichen Glückwünschen.

Dann wurde ausgiebig Kaffee getrunken, genüßlich Torte mit Sahne geschlemmt und Kuchen gegessen. Erika erntete reichlich tolle Komplimente, es war alles so vorzüglich gelungen.

Erikas Vater meldete sich zu Wort: „Ich, der ‚Stubenälteste', möchte jetzt als der glücklichste Mensch auf der ganzen Welt euch allen, meine lieben Kinder, ganz herzlich danken für all diese traumhaften schönen Erlebnisse, die ihr mir in meinem hohen Alter noch beschert habt. Bitte ruft mir jetzt mein Heim-Taxi, meine Kraft ist aufgebraucht. Um mich an all den schönen Erlebnissen sattfreuen zu können, müsste ich eigentlich hundert Jahre alt werden." Alle haben es ihm von Herzen gewünscht.

Das gerufene Heim-Taxi war sehr bald gekommen. Es gab herzliche Verabschiedungen. Und auf die Frage, wann er morgen früh abgeholt werden möchte, sagte der alte Mann: „Laßt mich morgen in meinem Heim, ich muß mich gründlich ausruhen und in aller Ruhe noch über alles freuen." Das wurde so akzeptiert. Alle gingen noch mit hinaus und winkten bis das Auto um die Ecke verschwunden war.

Wieder in der Wohnstube fragte Erika: „Was machen wir denn dann, wenn wir abgeräumt haben werden?" Siegfried antwortete: „Das machen jetzt wir Männer, schließlich gibt es hier drei davon. Und was anschließend kommt, machen auch wir Männer. Ich hoffe, ihr Damen werdet nicht enttäuscht sein. Nun ja, Martina wird wohl etwas enttäuscht sein, das können wir aber nicht ändern. Aber sicher wird sie auch so etwas Spaß haben beim Zusehen."

Die Männer hatten abgeräumt, Geschirr gespült und es eingeräumt. Dann schenkte Siegfried kühlen lieblichen Sekt ein. Sie stießen alle miteinander auf all die schönen Erlebnisse, auf die Verlobung und auf eine traumhafte Zukunft an. Dann forderte der frisch Verlobte seine verliebte und verlobte Erika zu einem Tänzchen auf. Alle waren begeistert und klatschten Beifall. Danach tanze Erika mit ihrem Bruder, dem Robert, und Siegfried mit Katrin. Martina blieb nur die Rolle der Zuschauerin. Jetzt dachten wohl alle dasselbe – und so geschah es auch, Frank-Peter tanze mit Katrin. Ja es war ein schönes Pärchen. Und sie tanzten gleich noch einmal miteinander. Es schien zu knistern zwischen diesen beiden jungen Leuten.

Abendessen wurde von allen abgelehnt. Alle waren noch so satt von Torten, Kuchen und Leckereien am Kaffeetisch. Die Männer ließen es sich nicht nehmen, ein paar kleine belegte Brote und Häppchen herzurichten, die Frauen hatten Pause, durften ausruhen.

Irgendwann fielen dann alle erschöpft, aber glücklich ins Bett. Es war ausgemacht, daß mindestens bis zehn Uhr geschlafen wird. Alle waren damit einverstanden, denn inzwischen war es doch schon nach Mitternacht. Beschlossen war auch, dann nach einem Mini-Frühstück in einem Lieblingslokal von Erika und Siegfried zu Mittag zu speisen, dann anschließend einen kleinen Spaziergang zu machen, wobei Martina den Auftrag bekam, in dieser Zeit im Lokal zu bleiben und einen leckeren Eisbecher zu genießen. All das wurde nun in die Tat umgesetzt. Danach wurden bei Erika zu Hause noch die leckeren Torten und Kuchen vernascht, wobei sie alles doch nicht schaffen konnten. Nach dem Kaffeetrinken wollten alle ihren Heimweg antreten, um am nächsten Morgen ausgeschlafen und pünktlich ihre Arbeit anzutreten. Es gab sehr herzliche Verabschiedungen.

Es folgte eine schöne Zeit für alle Mitglieder dieser sich gefundenen Familie. Alle freuten sich schon auf die Traum-Hochzeit. Und bald war es dann ja auch schon soweit.

Die Hochzeit von Erika und Siegfried war ein märchenhaft schönes Fest. Alle waren gekommen, auch Sandra mit ihrem Mann und den Kindern aus Italien. Ebenfalls Michaela mit ihrem Mann aus den USA, die Tochter von Robert und Martina. Auch Erikas Vater wurde mit dem Heim-Taxi gebracht. Er war so glücklich, auch noch die restlichen Familienmitglieder kennenzulernen. Allerdings wollte er schon bald zurück, er war erschöpft von all der Freude. Er wurde auch unverzüglich abgeholt.

Nachdem sich alle noch hinaus begeben und gewinkt hatten und sie dann wieder im Hause waren, nahm das rauschende Fest seinen Fortgang. Es wurde nach Herzenslust gefeiert, geschlemmt, getanzt und gesungen. Alle waren vergnügt. Wunderschöne Erinnerungsfotos wurden auch gemacht.

Um Mitternacht gab es dann noch eine freudige Überraschung, Frank-Peter und Katrin gaben ihre Verlobung bekannt. Wie war die ganze Familie erfreut darüber. Zwei junge Menschen, die beide schon Kummer und Trauer erlebt hatten, hatten sich verliebt und verlobt und wollten auch bald heiraten. Die Glückwünsche wollten kein Ende nehmen. Siegfried und Erika tuschelten ein wenig miteinander, dann stand Siegfried auf und gab in Übereinstimmung mit Erika bekannt: „Ihr glücklichen frisch Verlobten, wenn ihr mögt, schenken wir euch zur Hochzeit die obere Etage meiner Arztpraxis, das heißt – den ganzen Wohnbereich. Ich ziehe zu meiner geliebten Frau. Erikas Haus gefällt mir ohnehin besser. Und du, mein lieber Sohn, als junger Arzt bist mir in meiner Arzt-Praxis als zweiter Arzt ab sofort herzlich willkommen. Siegfried und Erika konnten sich kaum retten vor Danksagungen und Umarmungen der beiden frisch Verlobten. Und alle freuten sich mit ihnen. Das war ein freudiges Fest für alle. Sie werden es sicher nie vergessen. Die Verlobung war eine wunderschöne Krönung der Traum-Hochzeit von Siegfried und Erika.

Vor diesen glücklichen Menschen, die sich zu einer Familie zusammengefunden hatten, lag eine hoffnungsvolle schöne Zukunft!

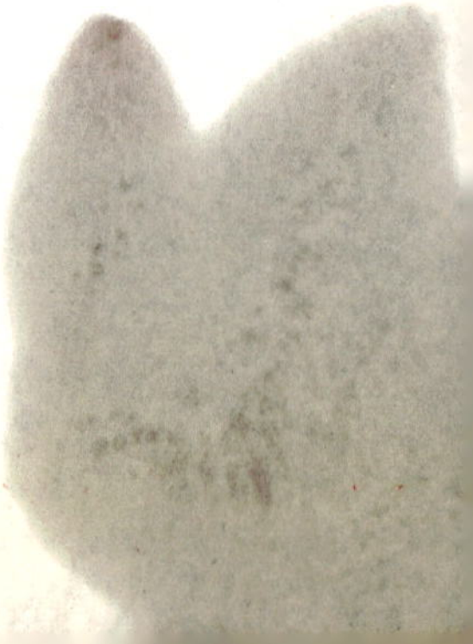